名家对话：

网络文学传播

张富丽◎著

中国出版集团
中国民主法制出版社

全国百佳图书
出版单位

图书在版编目（CIP）数据

名家对话：网络文学传播 / 张富丽著 . —北京：中国民主法制出版社，2024.6. —ISBN 978-7-5162-3700-7

Ⅰ . I207.999

中国国家版本馆 CIP 数据核字第 20241MA725 号

图书出品人：刘海涛
出 版 统 筹：石　松
责 任 编 辑：张　婷

书　　　　名 / 名家对话：网络文学传播
作　　　者 / 张富丽　著

出版·发行 / 中国民主法制出版社
地址 / 北京市丰台区右安门外玉林里 7 号（100069）
电话 /（010）63055259（总编室）　63058068　63057714（营销中心）
传真 /（010）63055259
http://www.npcpub.com
E-mail: mzfz@npcpub.com
经销 / 新华书店
开本 / 32 开　880 毫米 ×1230 毫米
印张 / 6.75　字数 / 139 千字
版本 / 2024 年 6 月第 1 版　2024 年 6 月第 1 次印刷
印刷 / 三河市宏图印务有限公司

书号 / ISBN 978-7-5162-3700-7
定价 / 52.00 元
出版声明 / 版权所有，侵权必究。

序
一

网络上有个"梗"，一位美国女士读了钱钟书的作品，对他十分敬佩，要登门拜访。钱钟书说："假如你吃了个鸡蛋，觉得不错，何必要认识那下蛋的母鸡呢?"名人趣谈，真假无须辨别，但其中蕴含的道理倒是值得深究。是的，从物质消费上说，鸡蛋下肚，蛋为哪只母鸡所下，确属无谓之事。可如果你消费的是精神产品，论精神或情绪价值呢?情况或将另当别论。譬如，你读了一部网络小说，特别是让你喜爱、令你着迷的网络小说，你就很想了解"那下蛋的母鸡"，想知道作者是怎样的人，有着怎样的人生经历，以及创作小说时的心路历程，以便能更通透地理解他的小说，这或许就是孟老夫子所说的"知人论世""以意逆志"。

张富丽的《名家对话：网络文学传播》很好地满足了我们的期待。这部以对话形式"诱惑"网络作家袒露心扉的书，不仅能让你洞悉那些作品的创作奥妙，还会让你了解这些大神作家的"成神"之路，感受他们不一样的情怀和人生，为我们了解中国的网络文学和网络作家，打开了一扇窗。

首先是访谈对象的选择。选择什么样的"名家"展开对话是很有讲究的，需要眼光和匠心。网络作家"名角儿"众多，仅阅文集团每年遴选的"白金作家"累计就达 400 多位，全行业网站平台每年签约的作家有数十万之众。作者独具慧眼，从中遴选了 10 名作家与之对话，他们是：天蚕土豆、紫金陈、阿菩、烽火戏诸侯、血红、萧鼎、月关、沐清雨、我会修空调和赖尔。他们中既有"男频大神"，也有"女频骁将"。从年龄分布看，既有"70 后"（如月关、萧鼎、血红）、"80 后"（如阿菩、烽火戏诸侯、紫金陈、赖尔、天蚕土豆、沐清雨），也有 1993 年出生的我会修空调。从创作题材看，月关、阿菩是历史题材的标杆式作家，天蚕土豆、血红、萧鼎、烽火戏诸侯是网络玄幻小说的领军人物。其中，血红创造的两项纪录一直为人称道：他是第一位年稿费（2004 年）超百万元的网络作家，并且以超 6 千万字的小说总字数傲视群雄。紫金陈、沐清雨和赖尔均聚焦现实题材创作，但他们各有绝活：紫金陈擅长写社会推理悬疑小说，被称作"中国的东野圭吾"；沐清雨则以"甜"而不"虐"的军旅言情文和行业文收获一众粉丝；从传统小说领域杀入网络文坛的赖尔创作题材多元，尤以红色题材受人关注，"高产"与"高质"成为她的创作标签。年轻的我会修空调善用恐怖惊悚的方式书写另类现实，目的是用罪与罚、善与恶、生与死来"衬托人性的光辉"。本书无意标榜这些作家的文学地位，但蓝田玉辉，星海月明，通过管中窥豹，不难折射出我国网络文学的孜孜步履和不俗业绩，他们言谈中绽放的耀眼光芒已融入浩瀚的网络文学星空，映照出一个云蒸霞蔚的"网络文学时代"。

再看看"对话"的含金量。这部篇幅不算长的"名家对话"是有货、有料、有嚼头的，几乎每个"话主"都打开话匣子抖出了许多干货，他们透露出的那些平日不足为外人道的信息，对我们认识网文业态、了解作家的创作道路、体味作家的创作甘苦，乃至对年轻人的为人做人、成长成才，都不乏启示意义。比如，天蚕土豆说他出生在一个普通家庭，从小爱看武侠小说，19 岁便在起点中文网连载《魔兽剑圣异界纵横》，随后追梦般陆续创作了《斗破苍穹》《武动乾坤》《大主宰》《元尊》《万相之王》等，目标是"构建东方玄幻大宇宙"。他的话十分励志："我想表达的是，莫怪自己出身普通，也无惧此刻身陷逆境，无畏的少年要秉持一往无前的勇气，努力去追逐梦想，奋力攀登巅峰。"血红被誉为"码字劳模"，他说自己创作的动力一是初心，二是传承创新，"网络文学创作的初心是对文学的虔诚"，因而要"恪守本心，洗刷浮华""努力踏实地去写拥有个人风格的故事"。烽火戏诸侯致力于构建与现实相通、与读者共鸣的仙侠世界，他说，要想让作品"像钉子一样狠狠钉入读者的内心世界"，就不能靠投机取巧，因为"所有的捷径都是绕远路，而且没有回头路可走"。紫金陈创作的小说不多，篇幅也不长，但他的《无证之罪》《坏小孩》《长夜难明》部部精彩，均实现影视转化并远播海外，这得益于他极为认真的写作态度——"我不会用'巧合'来给故事注水，我会把自己关在屋子里一连几个星期，不停地逼迫自己去思考和创作""每本书我都会推倒重来，写 3—5 遍"。在谈到作家与读者的关系时，阿菩说，"读者是我的老师，我必须尊重读者"；月关说，"每多一个读者，我都心花怒放"；沐清雨说，她和读者是"相互宠爱、双向奔赴"的关系，每次回复读者留言都要花两三个小时，创作时从不敢断更，因为"断更会让读者的期待落空，我不想让他们失望"。

　　对话中还有许多分享创作技巧、吐露写作心声的内容。萧鼎认为，对网络作家来说，最重要的有两点：第一是坚持写作的毅力，第二是日常生活中的自律，这样才能在写作的逆境中坚持下来。我会修空调谈到他创作《我有一座冒险屋》《我的治愈系游戏》时遵循的艺术逻辑：一是"细思极恐"，二是剧情反转，三是猝不及防，从而"让读者对人性的堕落产生警惕"。赖尔已创作40多部小说，但她"不喜欢重复"，胜不骄，败不馁，拥有平和心态且保持一颗进取心，这促使她得以完成从创作者到全产业链的开发运营者，再到教育分享者的成功转型。网络创作须以"书斋之心"抒写"天下之大"，作家应该关注时代、关注社会，把握创作的"罗盘"，"前行路上，行业故事就是经度，现实精神则是纬度，经纬交织后，就能看得更深、望得更远。有了这样的罗盘，无论选择怎样的道路，都不会迷失方向"。沐清雨的这番话代表的正是网络作家的共同心声。

在"对话"创意上，本书不仅精选名家，而且巧置话题，体现了高超的访谈艺术。作者为每个受访对象设计了题记、作家介绍、作家自述笔名由来、对话过程（正文）等结构流程，当话题展开时，则采取"标题抽绎"和"语流引导"两大技巧。"标题抽绎"为受访对象量身定制了切中其特点的大小标题，让读者开卷即见核心内容，一目了然。比如，天蚕土豆立志"构建东方玄幻大宇宙"，于是对话标题是"推动网络文学成为世界文化的重要一极"；阿菩是历史学硕士、文艺学博士出身，把他的对话标题设定为"从史学研究踏入网文写作"是恰如其分的；萧鼎以仙侠流派开山之作《诛仙》扬名网络文坛，因而他的访谈标题为"《诛仙》为我打开了网络文学的大门"。"语流引导"则充分彰显了作者的专业水准和应对智慧。张富丽是新闻传媒科班出身，拥有博士学位，且具有丰富的传媒工作经历，这使她在与不同的知名作家对话时，既能话锋稳健、举重若轻，又能通变有方、驾轻就熟，做到"拓衢路，置关键""先博览以精阅，总纲纪而摄契"（刘勰《文心雕龙·通变》）。当受访对象思维发散、语流泛化时，张富丽总能机智而委婉地调适话题走向，让对话紧扣主题，行于所当行，止于所不可不止。这也是这部名家对话集锦的艺术魅力之一。

谨此为序。

欧阳友权
2024 年 6 月于岳麓山下

序
二

历史会格外优待文学，也会尤其苛求文学。

文学永远不会死亡，任何一个时代都会有文学的一席之地，但是文学的影响力始终有大小之分，对国家、传统的塑造力有强弱之别。

经过 20 多年的飞速发展，网络文学帮助我们进入了一个约等于全民阅读的时代，替中国文学打破了学院化、精英化的阅读趋势，降低了阅读门槛，扩大了阅读人群的基数，这就等于"文化和知识"的整体下沉与渗透。所以，网络文学之于中国文学，是有巨大贡献的。网络文学从来就是唐宋志怪传奇、明清通俗小说在当今时代的优秀继承者，除了赓续传统文脉，以及对故事性的重视，致力于构建充满想象力的崭新世界观，也是网络文学的显著特点之一。

当然，网络文学有自己的困境：能否写出一个足够精彩的故事？能否塑造足够丰富的群像人物？能否构建一套独特的话语体系？能否呈现出一个符合逻辑的完整世界观？能否开掘出足够深度的文学思辨和人性哲思？能否让最具中国特色的网文故事走出国门，获得世界文学史的由衷认可，让中国网络文学成为世界文学殿堂之内最新的"神灵"？

所有网络文学作家都要面对各种难题：怎样看待故事性与文学性的关系，两者到底是敌对的，还是相辅相成的？如何处理作品更新速度和文本质量的关系？如何看待一部作品的商业化和经典化？敢不敢尝试让自己的笔名进入文学史序列？是否坚信自己最好的作品一定是下一部？是否知道能够被称为经典文学作品的上限是什么，有哪些具体标准？有没有信心让市场和资本主动追逐我们的文学作品？是否愿意将写作视为毕生事业，而非一时的职业？针对这些问题，本书给出了10位网络文学作家的答案。

网络文学作家不该把"网络"看得太重，而把"文学"看得太轻；不该对传统文学、纯文学作品敬而远之；不该把"阅读"定义为阅读同行作品。网络文学作家，当然包括我在内，都有一个很大的问题——写得太多，想得太少。

我一直坚持此观点：一部网络文学作品能否称为"合格"，就看读者能不能记住作者的笔名；能否称为"优秀"，就看这部作品在完结10年之后，是否还有广泛的、新的读者；能否称为"经典"，就看这部作品是否真正持久地影响了大量读者的精神世界。

我还有一个较为主观的预判：网络文学的第二次IP红利，短则3年，长则5年，很快就会到来。希望有越来越多的网络文学作品可以在行业中站得住脚，在评论家眼中立得起来，在地理概念上走得出去。一部作品的影视化改编，想要获得真正的成功，编剧至关重要，其文学素养至少需要接近（当然最好是高于）原著作者。相信影视市场接下来会遵循这一条基本规律——"得编剧者得天下"，这也是我曾建议本书作者尝试做编剧的原因之一。

一部文学作品的翻译和走出国门，也会遇到类似的情况。我与本书作者进行过几次深入的交流，几乎任何一部文学作品，都与本国语言、商业、政治、制度等紧密地融合在一起。这个时代的读者，既不能像唐人那样读唐诗，也不能像宋人那样读宋词，甚至阅读明清笔记小说也会感到比较吃力。"文学出海"形式之一的作品跨语种、跨国界翻译，既要保证文本内容的精神气质不变，又要保证作品在当地的广泛传播，难度可想而知。很多著名的汉学家、翻译家都在孜孜不倦地寻找中国文学的现代性，希望为中国现代文学确定一个新的历史框架和新的批评标准。

网络文学从不害怕评论家的尖锐批评，但是害怕评论家完全不懂其优缺点而保持长久的冷漠和沉默。

网络文学作家都以加入作家协会而自豪，甚至始终不敢以"作家"自居，作家协会如果轻视或者错过中国网络文学，那将是一种巨大的文学遗憾。

希望所有同行作者都可以再接再厉，百尺竿头，更进一步；希望我们的每一部作品都是不一样的，让网络文学与文学越来越一样。

希望30年、50年后，还有很多读者记得我们的笔名和作品。

希望未来的文学史不要将中国网络文学一笔带过，或是干脆略过不提。

诸君因为爱文学而爱网络文学，不胜感激；诸君因为爱网络文学而爱文学，与有荣焉。

在这里，我由衷地感谢本书作者对网络文学的重视和善意。

烽火戏诸侯
2024 年 6 月于杭州西溪

目录

推动网络文学成为世界文化的重要一极

我第一次见到天蚕土豆是在中国作家协会举办的一次研讨班上。当时他与萧鼎、烽火戏诸侯分在一个组，大家一起讨论"网文出海"的话题。天蚕土豆的发言简短，讨论中也并不多言，但看得出他创作的作品在朝着"出海"的方向努力。

因为我在做网络文学国际传播的研究和实务工作，所以对他作品的"出海"情况格外关注。后来我们在各种大大小小的研讨培训活动中见了不下七八次面，话题也总是围绕着"网文出海"展开。

他的作品在北美武侠世界"WuxiaWorld"网站长期排名前五；根据其作品改编的漫画在日韩单一平台的收入超过国内；《元尊》漫画的法文版出版——"网文出海"对他而言，仿佛就是《元尊》完结时他对逐梦的解释："逐梦就像航海，若不趁风起时扬帆，船是不会前进的。我知道此时此刻有些人已经出发了，而有些人还在等待着人生中最重要的一阵风。当风吹来时，我们对岸再见。"

我相信天蚕土豆的读者已经在彼岸有所触动，也坚信中国网络文学"出海"的东风会推动中国优秀传统文化更好地走向世界。

天蚕土豆

天蚕土豆，本名李虎，1989年出生于四川，无党派人士，中国知名网络作家。著有长篇小说《斗破苍穹》《武动乾坤》《大主宰》《元尊》《万相之王》等。中国作家协会第九、十届全国委员会委员，中国作家协会小说委员会委员，浙江省网络作家协会副主席。2019年被中宣部评为宣传思想文化青年英才。

▲ 图1　天蚕土豆的
作品《斗破苍穹》

▲ 图2　天蚕土豆的
作品《万相之王》

《斗破苍穹》于 2018 年被中国作家协会网络文学中心评为"中国网络文学 20 年 20 部优秀作品"之一，并于 2020 年入选国家图书馆永久典藏的网络小说；《元尊》入选中国作家协会发布的"中国网络文学影响力榜（2020 年度）·海外传播榜"。

作家自述笔名由来

"天蚕土豆"是我的家乡四川的一样小吃，我很爱吃。当时我在网站上注册笔名的时候，心念一动，嗯，就是你了。

一、网文创作：所有作品同一目标
——构建东方玄幻大宇宙

本书作者：还记得自己接触的第一本书或者印象最为深刻的书吗？大概是什么时候开始阅读的，又是怎样接触到网络文学的？

天蚕土豆：其实我很早就开始接触文学作品了——在上小学的时候。那时候，家里有《西游记》和《封神榜》。当时虽然看得不是很明白，但那些神话故事还是一下子就吸引了我，现在回头看，我创作的一些玄幻小说其实也深受从小读中国传统神话故事的影响。后来在学校边上，有一个老爷爷收藏了一柜子武侠小说，我就在那里租借着看，从此进入了武侠小说的世界。再后来到了高中的时候，我偶然间发现书店竟然还有另外一种小说，那就是网络小说。第一次看网络小说对我的冲击太强烈了，因为那是一种与武侠小说截然不同的作品，网络小说更富有想象力、天马行空，尤其是玄幻类与仙侠类作品，让我深深沉浸其中。我当年看的网络小说挺多的，比如《飞升之后》《极品公子》《猛龙过江》之类。

本书作者： 您其实不是网文圈最早的那批写作者，1997 年前后网络文学就开始诞生、发展，进而火爆，您是在什么机缘巧合下开始尝试网络小说的写作？创作的第一部网络小说是什么？现在回头看，自己满意吗？

天蚕土豆： 我先是自己看小说，然后看得多了，就想尝试着写一写。我写第一部书其实还是因为玩游戏。我当时喜欢玩游戏，尤其喜欢某个游戏里面的一个英雄，后来就想着把他的一些技能、升级方式乃至背景进行借鉴，这样就完成了一个设定，并以此为蓝本创作出了第一部作品，这个人物也就成了我第一部作品里面的主角。这部作品叫《魔兽剑圣异界纵横》，讲了一个穿越到异界的少年在剑与魔法的世界励志成长的故事。2008 年 4 月，我开始在起点中文网连载这部作品，没想到挺受读者的欢迎，从此我就踏上了写作之路。现在回头看，虽然第一部作品的文笔和故事构架远远不能和后面的小说相比，可能有些稚嫩、不太成熟，但其实它真正打开了我的玄幻世界，把我带进了一个天马行空的异世界。

本书作者： 如果我没有记错的话，您刚开始创作时，您的家乡四川发生了"5·12"汶川地震，您曾经和我说过，"地震之后，连网吧的网管都逃了，没人愿意再蹲守，而我每天都会偷偷摸摸地去网吧，写上一些"。当时为什么冒着余震的风险坚持写小说？

天蚕土豆：其实，当时在没有稿费这种实质性的动力时，支撑我坚持下去的是读者的认可感。毕竟那个时候我的新书也算有点儿成绩，每天都会有读者留言支持，这对于一个少年来说，真的是一件很感动的事情，所以我当时真的是竭尽全力地"码字"，同时希望能够让更多的人看见我的心血之作。读者的认同与支持是重要的因素，正是因为他们对我的作品的认同和喜爱，我才能有强烈的创作动力。

本书作者：所以这些因素激励您在 2009 年创作了第二部玄幻长篇小说《斗破苍穹》？这部作品成为网络文学界第一部点击量过亿的作品，当时在起点中文网的总点击量有 1.3 亿。可那时候您才不到 20 岁，可谓"出道即巅峰"，您因此也被称为"天才土豆"。

天蚕土豆：《斗破苍穹》其实是写给当时的我看的。那个时候我才 19 岁，对作品有强烈的情感，写的东西也很热血，后来深受读者喜欢的桥段，很自然地就从脑子里冒了出来，想的时候就觉得特别爽快，到动笔的时候，我就把它们放进了小说的世界里。当时我是按自己的感觉来写的，我觉得读者会产生和我相同的情绪。确实也是这样，当年大部分读者和我的年龄差不多，他们能在我的作品中感受到一种强烈的情感冲击和矛盾情绪，也因此身临其境地进入了我创造的世界。

本书作者：《斗破苍穹》成为网络文学史上的代表作品，被称为现象级的玄幻小说。甚至有人评论，网络文学里"扮猪吃老虎"的写作手法就来自《斗破苍穹》，它是您最满意的一部作品吗？

天蚕土豆：除了现在正在连载的《万相之王》，《斗破苍穹》的确是我最喜欢的一部由自己创作的作品。《斗破苍穹》以成长为主题，借主角萧炎面对挫折时没有放弃反而越发坚韧的人生经历，表达出"三十年河东，三十年河西，莫欺少年穷"的志气，获得了广大读者的喜爱。于整个网络文学而言，它是第一个点击量突破1亿的网络小说；于我个人而言，那时我正青春年少，创作时激情澎湃，所以它对我有特别重要的纪念意义。

本书作者：《斗破苍穹》横空出世以后，"斗气"的新颖设定很快掀起一股热潮，当初您是怎么想到创作这个"斗气"世界的？这样一个新奇庞大的世界观，在架构时遇到过哪些困难？

天蚕土豆："斗气"是中国网络文学发展衍生的专有词汇，它脱胎于东方武侠的真气内力，以及西式奇幻的剑与魔法。《斗破苍穹》之后，"斗气"也成为玄幻小说里最常见的力量形式之一。我在架构世界观时，希望能摆脱以往西式奇幻的桎梏，让玄幻更加本土化。后来，在我和业界同人的一致努力下，东方玄幻逐渐成为玄幻题材的主流。

本书作者：也就是说，《斗破苍穹》帮您确定了东方玄幻的创作题材。在这之后，您迎来创作高峰期，陆续有六部长篇小说问世，包括《武动乾坤》《大主宰》《元尊》，以及现在连载的《万相之王》。这些作品有内在的同一性吗？您在创作的时候针对不同的作品都做了哪些架构？您认为和西方的"漫威宇宙"相比，"东方玄幻"的特点和优势是什么？

天蚕土豆：我一直都在尝试"构建东方玄幻大宇宙"，我的作品《斗破苍穹》《武动乾坤》是同一世界观下的两个独立故事，《大主宰》则将其统一到了"大千世界"这个世界观里，三部主角同时出现，为保护世界而并肩作战。到了《元尊》，则讲述比前三部的时间线更早的故事，反派势力更是一脉相承。东方玄幻宇宙让东方观众易懂和喜爱，更容易产生共鸣。同时它又蕴含东方文化，有利于文化输出，在日韩、东南亚、欧美也很受欢迎。如今我的多部作品已经实现"文化出海"，致力于讲好中国故事，在世界范围内传播中华文明。我觉得把东方玄幻大宇宙推向世界，也是网络文学的一个使命。我们将作品向世界传播，让其他国家的读者能够通过网络文学来了解中国文化，感受中华优秀传统文化的魅力所在，从而对中国产生更多的积极正面的了解和认识。

本书作者：在《万相之王》里，您为了让作品的设定更加合理，曾经拿着计算器反复计算书中的数值体系，确保小说世界的经济活动缜密有序。同早期创作相比，您在创作细节上更加严谨了，为什么会有这种变化？

天蚕土豆：在我看来，故事内核没有变化，只是创作需求导致外在表现有所不同。这部《万相之王》，我希望更加生活化、细节化，所以，相应地，我拿起了计算器，敲、敲、敲！但文学作品的本质是故事和情感。在文学作品中，作者巧妙运用一系列关联密切的故事桥段，触及读者的内心情感，努力使其产生共鸣。在《万相之王》里，男主角李洛天生空相，遭人轻视与打压，但他不自轻、不屈服，努力打破身体桎梏，逆袭崛起，成为维护世界和平的关键人物。在不同的故事阶段，我会设置有所关联的目标，以及层层递进的危机与敌人。把这些元素串联起来，故事就会精彩，并会让读者有追读的期待感。写桥段不是目的，重要的是我在其中铺垫的情感。男主角李洛拼搏的动力，一是寻找失踪的父母，这是亲情；二是青梅竹马的未婚妻，这是爱情。这两种情感贯穿李洛奋斗的每时每刻，让读者产生共情与共鸣，认同李洛的行为，期待着李洛的未来。

本书作者：从您 2008 年开始创作，到现在已经有十几年了，您笔下的主人公也从萧炎、林动、牧尘、周元发展到现在的李洛，您在介绍李洛时曾说："李洛与以往的男主角不同……他更像是一个我们会在生活中遇到的男孩。"为什么人物会有这样的变化，这和您创作时的心态有关吗？

天蚕土豆：李洛与萧炎、林动、牧尘、周元这些主角在精髓内核上并没有什么不同，都是奋力拼搏的热血少年。要说心态变化，也许和我已过而立之年、已为人父有些关系吧，我对少年所经历的奋斗拼搏有了更多的思考和认识，想写一些更贴近生活的角色，所以李洛这个人不是变简单了，而是有可能会比他的几位前辈更显复杂。

本书作者：您创作的作品几乎都在写一个无名少年凭借自身的努力和不懈的奋斗战胜各种艰难险阻，一步步逆转命运、走上人生巅峰的故事。您想通过作品传达给读者什么样的思想和理念？

天蚕土豆：我的作品往往以"成长"为主题，写的是充满热血感的人生磨砺与蜕变。我想表达的是，莫怪自己出身普通，也无惧此刻身陷逆境，无畏的少年要秉持一往无前的勇气，努力去追逐梦想，奋力攀登巅峰。

本书作者：这些励志热血的少年故事是不是也是您的人生

映射？像您笔下塑造的主角一样，不怕山高路远、水深浪急，内心坚定执着，永不轻言放弃，永远带着一股无邪的少年心气，勇往直前、披荆斩棘，直至实现梦想。

天蚕土豆：我原本只是四川某县城一个喜欢看书的少年，因为热爱而开始了小说创作，先后创作了《魔兽剑圣异界纵横》《斗破苍穹》《武动乾坤》《大主宰》《元尊》《万相之王》。您知道我写作时有多"亢奋"？我真的是早上一睁眼就坐在电脑前，一直写到晚上，有时候还会熬通宵，写得狠了能写十章。可以说，作为当代中国青年，我生逢其时，遇到了可以施展才华的广阔舞台，实现了自己的人生梦想。

本书作者：您不光实现了写作的梦想，受到了读者的喜爱，还获得了社会的认可。您应该是中国作家协会全国委员会里最年轻的委员之一吧？

天蚕土豆：是的，作为一名网络作家，我这些年深深感受到了来自国家的重视与支持，中国作家协会这些年吸纳和扶持了一大批网络作家。2015 年，我加入中国作家协会，并在 2016 年入选中国作家协会第九届全国委员会委员，成为最年轻的委员。另外，各省市也陆续建立了网络作家协会，加强网络作家的队伍建设，我现在也担任浙江省网络作家协会副主席。网络作家这个职业在 2020 年正式被纳入职称评审的范围，让网络作家的职业认同感和归属感极大地增强。习近平总书记曾在讲话中指出，"用全新的眼光看待他们，用全新的政策和方法团结、吸引他们，引导他们成为繁荣社会主义文艺的有生力量"。我的确深有感触，也希望通过自身的努力，通过好的作品来回馈读者和社会。

二、IP改编：需尊重原著的精髓与内核

本书作者：网络文学在 IP 的衍生开发下已成为网络文艺的宠儿，形成了以网络文学为源头的泛文娱行业。玄幻题材是中国网络文学最早出现的题材之一，也是目前网络文艺最主要的开发题材之一，在文本创作上已经十分成熟。但纵观这些年的影视改编，却屡屡"翻车"，您觉得玄幻题材改编的痛点和难点在哪里？有没有好的解决办法？

天蚕土豆：我说说个人的一点儿拙见。一是世界观的塑造，玄幻就要有玄幻的感觉和氛围，过于贴近武侠、仙侠都不太合适；二是对爽点、看点的把握不到位，删改原著的地方也较多，无法同时满足原著读者和新观众的要求。至于解决办法，需要各方去努力、去探索。但我希望能尊重原著的精髓与内核，也尽量加大原著作者的参与度。其实，目前玄幻作品的改编已经有很大的起色了，比如国内的 3D 动漫，我觉得在技术上已经比前几年成熟多了。由我的《斗破苍穹》改编的动漫（第一季），我看了几分钟就关了。《斗破苍穹》的动漫虽然后面做起来了，但由于制作第一季的时候，动漫的 3D 技术还不成熟，并不是特别完美。但随着后来改换制作方式，动漫的品质逐步提升了，我也开始追着看了。

本书作者：网络文学本就是泛娱乐生态链的上游，如今 IP 的源头地位更加凸显，由此衍生出多样态的改编渠道，漫画、动画、有声剧、影视、游戏等多个行业被串联打通，构建出一个完整的 IP 生态版图，再通过大数据推荐直接推送到目标用户

的面前，让人们得到愉快的休闲时光。我发现，您的作品在版权开发这方面，以漫画和动漫居多，成绩也格外突出，为什么做这种选择？

天蚕土豆：其实对于玄幻小说而言，我觉得改编成动漫可能会比改编成影视剧要简单一些，因为相较于电影、电视剧，动漫能把玄幻的气质体现得更完美。玄幻小说改编成漫画、动漫、游戏时，会有天然的"加成"，因为这类改编形式比较容易将其中的幻想元素、玄幻风格淋漓尽致地展现出来。换言之，如果做影视剧，玄幻作品里面打架的场景就很难进行全方位的展现，比如"打得天崩地裂"这种情节，在影视剧里很难呈现出来，但是在动漫里面体现出来，观众就会觉得这个场面很好，与文字内容表达的意境很贴切，而且制作费用也没有影视剧那么高。所以，关于《武动乾坤》《大主宰》《元尊》《万相之王》的版权开发，我优先选择的是动漫，然后再去辐射游戏领域，而不是电影、电视剧这一类。另外，就我个人经验而言，IP 化其实可以稍微延迟一点儿，一是因为作家缺少话语权，更没有议价能力，刚开始的时候，版权卖给谁了，作者都不知道。二是可以等技术再成熟一些，不要那么着急对作品进行 IP 化。

本书作者：您对自己的作品改编其实有着很高的要求，之前咱们聊天的时候您表示，"我是真的想做一部成功的改编作品，让我的读者能够满意""能够让读者和非读者都接受，这样的改编才是成功的"，为此您专门成立了文化公司。您觉得这对自己作品的版权运营能带来哪些好处？未来将如何进行公司的产业化运营？

天蚕土豆：文字的传播力肯定不如作品 IP 化的传播力，IP

的传播面会更广，受众会更多，也会更容易让人记住这本书是由哪个作者写的，从而扩大影响力。为了让我的作品能够顺利地推向世界，这几年我专门成立了公司来运营自己的版权，有个好处就是能够集中全部力量去孵化、运营作品，并有力推动各项改编的进度。我在 IP 运营这方面，一是构建属于自己的东方玄幻宇宙，将多部作品统一在同一个世界观之下；二是以小说创作为源点，向外衍生出漫画、动画、有声书，再推进到游戏、影视等领域，让"书、漫、影、视、游"多维联动，以点连线、以线画面、以面织网，横向拓展、纵深突破、释放潜力，形成一幅完整的 IP 版图。

本书作者：我发现您对于最近创作的作品选择了不同的传播渠道和形式。比如，您的小说《苍穹榜：圣灵纪》选择传统出版，没有在网络上连载；小说《万相之王》则是直接在您的微信公众号免费更新，这种连载方式与您早期作品的"线上连载，付费订阅"方式不同，为什么会有这种变化？

天蚕土豆：这些都是不同时期我所做的一些尝试，是对网络文学的连载形式、发布渠道的一种深入探索。《苍穹榜：圣灵纪》是我创作的中篇小说，故事以《斗破苍穹》《武动乾坤》《大主宰》的世界观为背景，演绎炎帝萧炎、武祖林动、牧主牧尘的后代们及域外邪族与邪灵族之间的故事。《苍穹榜：圣灵纪》选择了传统出版和漫画改编，用中篇作品的形式对连载载体进行探索，仅发行了 5 册图书，暂无网络连载。《万相之王》则是在全网络连载，同时微信公众号也会同步更新，这是我在上一部作品《元尊》全网连载的基础上，进一步探索微信公众号连载这一新型传播渠道对读者的凝聚作用。

本书作者："雏鹰已长，当空而舞，少年不狂枉少年"是为您的读者所津津乐道的金句。您写作十几年，长期"霸榜"，IP"井喷"，请问您如何在创作中、在改编时守住纯粹的"少年气"，让作品引起年轻受众的共鸣？如何维系这么多读者、观众，有什么秘诀吗？

天蚕土豆：心态最重要，我一直认为自己仍是少年！不要埋头写，要多接收受众的及时反馈，他们才是和我一路前行的同伴。读者的意见是要接受的，但需要对意见进行筛选。有些确实是很好的建议，我就会在不影响作品主线的情况下将其吸纳进作品。写作的主体毕竟是作者本人，长篇小说一写就是好几年，如果你自己的想法不坚定，轻易就做出改变，把作品改得面目全非，到时候一本书基本就毁了，所以作者对作品一定要有把控力。改编也是如此。

本书作者：在玄幻小说和改编的动漫中常常有这样的情节：修炼者们前仆后继，毕生都在追求一个终极之"道"。在您看来，有没有一以贯之、永恒不变的"道"？

天蚕土豆：一字曰"情"。网络文学通过作者创作的一个个故事，铺陈、激发的是一个"情"字。那是人类共通的情感——亲情、友情、爱情。无论是海内外的读者，还是各年龄段的读者，你要触及他们的内心情感，让他们和你笔下的人物、故事产生共鸣。这就是写作的最终目的，也是那个一以贯之的"道"。

三、"网文出海"，欣赏的都是故事，共鸣的都是情感

本书作者：可以说，中国的网络文学国际传播从 20 多年前诞生伊始就伴随始终。目前我们累计向海外输出作品 16000 余部，海外活跃用户超过 1.5 亿人，访问用户超过 9 亿人，海外市场规模突破 30 亿元，覆盖 160 多个国家和地区。您的作品是"网文出海"中的头部作品，当时是如何扬帆海外的？最早是通过什么形式"出海"的？

天蚕土豆：当时，很多在海外留学的中国年轻人很喜欢我的书，大家出于兴趣把它们搬上了海外的论坛，吸引了一批外国读者阅读，随后慢慢形成了一个圈子，我的作品的知名度也不断在扩大。就这样，我的书很快就顺理成章地在海外出版了。

本书作者：就"网文出海"的作品而言，您创作的作品几乎已经全部"出海"或者正在海外网站进行连载；就"出海"的形式而言，您的作品涉及传统出版、在线阅读、动漫改编等各种样态；就"网文出海"的覆盖区域而言，您的作品发行到全球，最重要的是撬动了美国市场，在北美受到热烈追捧，把独属于中国少年的励志与热血洒向世界。这些都是怎样一步步实现的？

天蚕土豆：于我而言，海外传播有几个重要的时间节点。先拿《元尊》来说，《元尊》漫画英文版于 2019 年 8 月 30 日首次登陆北美，随后荣登北美武侠世界"WuxiaWorld"网站少年排行榜第一名、最受欢迎榜第二名；从 2020 年 4 月 1 日起，又陆续上线英语、印尼语、越南语、西班牙语、泰语共 5 个语

言版本，正式在北美市场开启连载模式。在法国，已经出版了《元尊》法文版漫画图书 30000 册。另外，除北美、欧洲地区之外，《元尊》漫画也早已在韩国、日本"试水"成功，不同平台的读者数达 40 万人，且大部分为付费用户。《元尊》漫画在全球最赚钱的漫画平台 Piccoma 获得动作类排名第三的成绩。几年前，《元尊》漫画的全网人气就已经突破 2164 亿，总收藏数破 8 亿。现在，《万相之王》也已经在武侠世界"WuxiaWorld"上线连载，位列最受欢迎榜第六名、"Manga Toon"幻想类漫画榜第二名。而在更早之前，我的《斗破苍穹》《武动乾坤》《大主宰》《元尊》等小说、漫画，被翻译成英语、韩语、日语、法语、泰语、印尼语、越南语等多国语言，传播到北美、欧洲、澳洲、日韩、东南亚等地区，受到海外读者的热烈欢迎。

本书作者：我发现，您的笔名"天蚕土豆"在海外有好多种译法，在不同国家有不同的叫法。在日本，读者叫您"patato son"，在法国、意大利这些国家，读者直接按照中文拼音叫您"tian can tu dou"。这是为什么？

天蚕土豆：因为当年一些读者用英文翻译我的笔名时，不知道怎么翻译，就直接把中文拼音搬了过去。大部分读者叫的是拼音，还有人叫我"Potato 桑"，这种叫法在日本很流行，听得多了我也就习惯了。等我想要翻译得正规一点儿的时候，发现国外读者已经习惯了，所以就懒得改了。我个人比较喜欢拼音的译法，简单易懂。像《元尊》"出海"的时候，我们其实给它设置了一个统一的海外名称，结果法语翻译不出来，最后还得用拼音。

本书作者：由此可见，翻译还是不容忽视的，尤其是您的作品属于东方玄幻题材，专用术语比较多，级别层层进阶，语句对仗工整，中文朗朗上口。但从某种意义上讲，这是不是也增加了翻译的难度？

天蚕土豆：对，从我个人作品的"出海"经历来看，中国网络文学作品"出海"最需要重视翻译问题。在作品"出海"的过程中，我会紧盯翻译的流程，比如，"出海"的漫画，一般会要求对方把第一话乃至前三话让我修改，这么做主要是担心三个问题：首先是本土化问题。我在之前翻译改编作品的时候其实发现了这个问题，比如，中国和日本的阅读顺序正好相反，有些平台会对作品进行镜面翻转，但是少年漫画的打斗场面较多，将图片左右翻转的话，人物握剑的手就会发生变化，给人以违和感。通常我会建议调整对话框的阅读顺序，对部分分层文件进行调整，甚至是将左右两侧的画面进行平移。其次是文化认知差异。拿《元尊》里的一句话来说，"蟒雀吞龙，大武当兴"，日本人把"蟒"翻译成"大蛇"，把"雀"翻译成"朱雀"，把"龙"翻译成"天龙"，帮助读者更准确地理解原文。最后要注意修正机器翻译的准确度。机器翻译的内容不太准确，还会出现很多垃圾词汇，这会影响整部作品的可读性，也会增加读者的阅读障碍，所以必须要人工精修。

本书作者：您刚才也提到了机器翻译的问题。现阶段，说到翻译就不得不提人工智能了。当前，ChatGPT 很火，它不仅涉及作品的文字翻译，还涉及内容创作，甚至可以进行绘画。您觉得这会为您和网络文学带来什么挑战？

天蚕土豆：我曾经和人工智能下围棋，刚开始觉得没什么，但后来感觉已经没有人类能跟人工智能下棋了。我在微博上经常会看到人工智能画的图，感觉人工智能画的图比画师画的都要精致；更可怕的是，这只是人工智能当前的水平，未来的技术肯定会越来越强大，这会带来什么影响真不好说。但是，就算人工智能已经介入了写作领域，写出来的东西未必会超越作家，就像人工智能画的图一样，虽然精美，但总是少些精神气。作者创作的作品中，总会有他的印记。就拿我自己来说，这么多年来，读者熟悉我的风格，也熟悉我的作品神韵，如果把这些书真的交给人工智能来创作，大家肯定马上就能感觉到异样，产生排斥感。因此，从这个角度来说，我们作家还是有优势的。

本书作者：有种说法是网络文学有望和美国好莱坞电影、日本动漫、韩国偶像剧并肩，成为世界第四大文化现象。您觉得我们要提供什么样的网络文学作品来与美、日、韩比肩呢？

天蚕土豆：去和美、日、韩的影视和动漫竞争的话，需要形成一个矩阵，它不是单一的网络文学，还得改编成动画、漫画、游戏、电影、电视剧等文艺形态，而且要适应不同国家的接受习惯。首先，我们需要从各个渠道去拓展网络文学作品的国外读者基础，当这个读者基础越来越庞大的时候，再将网络文学作品改编成动漫、游戏等推向其他国家，这时候网络文学作品才会具备很强的竞争力，去和美、日、韩的艺术品类竞争，并且占据优势。比如，我的《元尊》漫画，如果要论它的单一收入的话，国外的会比国内的单一平台还要高一些，这是让我有点儿意想不到的。我分析，它面对的受众群体主要在日韩地区，在日本最受欢迎。《元尊》漫画在海外的收入情况：日本占51%，韩国占30%多，剩下的属于其他国家。当然，因为日韩的国民对漫画的接受程度比较高，他们的付费意愿比较强。

在欧美市场推广漫画的难度稍微高一点儿，因为读者的接受习惯不一样。所以，我主要是在北美的网站上连载文本，在法国出版了法文版的书籍。

本书作者：也就是有的放矢，按照不同国家受众的接受习惯有针对性地选择改编方式。您曾说过创作时"往往会参考中国的神话传说、历史故事等传统文化内容"，让国外读者"感受到中华文化的内核在其中流淌"。在作品"出海"时，如果国外读者不理解故事的文化背景怎么办？怎样让他们更快地沉浸在小说里？

天蚕土豆：不管是哪里的读者，他们欣赏的都是故事，共鸣的都是情感。虽然国内外的文化不同，但人与人之间的情感是相通的，大家都能感受到作品中表达的情绪。针对不同的海外市场，要因地制宜，充分了解当地的文化氛围、价值观、信仰、风俗、禁忌等，最终制定内容输出方案，有的放矢，这样才能满足不同文化背景下的读者需求。对于国外读者不理解的文化背景，要充分考虑中外文化的差异，将原有俗语、典故转化为更加精准、贴切的语句。比如，我的作品《元尊》在翻译时，没有将原有语句进行简单直译，而是翻译成更贴合当地阅读习惯的词汇。书名翻译成"Dragon Prince Yuan"，既表明主角周元的皇子身份，又展现了他身怀圣龙气运的特殊性。

本书作者：在国内，您的作品一上榜就会被书粉推到榜首，被读者们追更。我很好奇，海外读者也会追更、催更吗？

天蚕土豆：会。虽然我自己很少看海外读者的评价，因为毕竟有语言上的障碍，但经常会有人给我转达一些海外读者的需求。比如，有的读者会在线催更，还有的读者因为对中文表达比较陌生，觉得"三十年河东，三十年河西"这样的句子翻译不出精髓，想让我尝试一下英文写作，但这种要求很难实现。另外，我和我的团队有去海外做签售活动的计划，还在酝酿之中，估计很快就会实现。

本书作者：您的作品《万相之王》入选 2023 年中国作家协会网络文学中心实施的"网络文学国际传播项目"，被翻译成波斯语，通过在线阅读、有声剧、视频推介的形式走进伊朗等中东地区市场，取得了非常好的效果，上线后迅速在伊朗各大平台霸榜。

天蚕土豆：我看到了相关的新闻和有声剧制作时拍摄的视频，伊朗本地的制作团队非常专业，翻译、导演、编剧、播音员，都是伊朗"国家级"的。有声剧的配音演员声情并茂、情绪饱满，在配乐的加持下，作品呈现出顶级水准。

本书作者：对小说《万相之王》的有声剧改编符合受众的收听习惯，用广播剧的模式进行录制，配上传统的中国音乐及各类特效，根据故事情节的需要选取合适的音乐，用音效、特效等手段使作品呈现丰富立体的画面感，让受众有身临其境的感觉。《万相之王》有声剧上线一个多月，在 Iranseda、Amoozaa、Aparat、Youtube 四个平台的浏览量就达到了近 500 万次。目前看来，是否可以认为网络文学已经突破国内的发展瓶颈，海外市场已经成为网络文学新的收入增长点？或是正在朝着这个趋势发展？

天蚕土豆：目前，在我的版权收入方面，海外市场收入已经接近国内市场收入。海外市场的确已经成为网络文学新的收入增长点。一方面，优秀的作品内容、较高的制作水准和良好的市场反馈使我的作品（比如《元尊》漫画）在海外的传播水到渠成；另一方面，越来越好的国内政策环境支持网络文学成为中国文化"走出去"的一股强劲力量，这甚至已成为具有中国特色的文化现象。网络文学为什么能够在海外形成较大的影响，归根结底，是因为我们有一个越来越强大的祖国。

四、立足网文领域，创作更多精品

本书作者：不管是网络文学作家、网络文学内容题材、传播渠道、IP运营，还是网络文学读者群体，这几年的网络文学界在悄然发生变化，相较于几年前，在主体、内容、受众等方面都有不同程度的显现。您作为一线作家有这种感触吗？

天蚕土豆：是的，网络文学行业这几年有了不小的变化。这几年，网络作家的年龄结构更加多元化，越来越多的人选择了网络作家这个职业。这些新鲜血液给近几年的网络文学带来了知识、题材、风格等方面的冲击。这样的创作氛围是整个行业乐意看到的，也是行业健康发展的必要驱动力。读者群体的年龄也发生了变化，不仅是年轻人，中年、老年读者也在增多，年轻人惊奇地发现老爸、老妈开始追看网络小说了，如我们当初一样。

本书作者：从20世纪90年代网络文学诞生，到现在已经过去了几十年，不断有新人涌进赛场，为网络文学行业补充新鲜血液。现在"Z世代""00后"开始入局，能否为刚入行的青年作家或者想开始进行网络文学创作的年轻人提几条建议？

天蚕土豆：我个人认为，网络文学的创作需要天赋、勤奋与经验。当你天赋足够、勤奋不辍，那么接下来最需要做的就是积累经验。我一贯推崇"多看、多想、多写"。

"多看"，是指涉猎面要广，不要局限在网络文学的某个题材、某个类型，可以扩展到动漫、影视、游戏等方面，积极汲取新鲜的能量，敏锐抓取读者的口味。"多想"，是指开拓新思路、激发新灵感，寻找最适合自己的创作方法论。"多写"，是指不要怕犯错，用实践来验证自己的阅读、思考及方法论正确与否。我很高兴看到中国作家协会对新人作家的支持与激励，比如，中国作家协会评选的中国网络文学影响力榜专门设立新人榜。现在的年轻作者"脑洞"超级大，希望他们能够发出贴合时代的潮流最强音。

本书作者：习近平总书记在党的二十大上发表的重要讲话指出："增强中华文明传播力影响力，坚守中华文化立场，讲好中国故事、传播好中国声音，展现可信、可爱、可敬的中国形象，推动中华文化更好走向世界。"在将来，您如何更好地将中华优秀传统文化以网络文学的形式推向海外？

天蚕土豆：在2022年世界互联网大会乌镇峰会上，我作了发言：近十年，是网络作家茁壮成长的十年，是网络文学主流化、精品化的十年，是网络文学改编多元化的十年，更是网络文学扬帆海外的十年。网络文学正在贯彻党的二十大精神。网络文学的传播力、影响力已不再局限于国内，越来越多的网络文学作品被翻译成多国文字，实现"文化出海"，向世界传播中华文明。中国网络文学是"讲好中国故事、传播好中国声音"的重要一环。每一个文字，都饱含着中华文化的价值观，体现着中国作家的人文关怀，代表着中国与世界进行对话，扭转着海外读者对中国的刻板印象，提升着中华文化的传播力、影响力。我和我的公司未天文化，一直在为网络文学的海外传播做不懈的努力，将来也会如我笔下小说中的主角一样，乘风破浪，勇往直前。我会将《斗破苍穹》《武动乾坤》《大主宰》《元尊》《万相之王》等网络小说进行文本、漫画、动漫等各种形式的改编，针对不同国家进行改编翻译，传播海外，推动网络文学成为世界文化的重要一极。

本书作者：您作为网络文学作家，在文化强国建设中，在中国文化"走出去"中要承担什么样的责任？

天蚕土豆：作为中国网络文学的创作者，守正道、走大道，多创新、出精品，才是我们的应走之路。努力提升作品的精神能量、文化内涵和艺术价值，才能真正满足人民文化需求、增强人民精神力量，才能讲好中国故事、传播好中国声音，才能展现可信、可爱、可敬的中国形象。

本书作者：不光是网络文学作家，平台、组织方，涉及网络文学的各方，都应该有"网文出海"的紧迫感、责任感。接下来，您有什么目标？您对网络文学的希冀又是什么？

天蚕土豆：作为一名青年网络作家，回望自身发展经历，我要铭记生逢盛世的获得感、幸福感，增强传承历史、开创未来的自觉性；我要立足网文领域，脚踏实地、敢想敢为、不负韶华，创作出更多精品，为推进文化自信自强、铸就社会主义文化新辉煌出一份力！我一直在努力，也期盼网络文学同行和我一起，让网络文学能够越来越壮大，越来越繁荣，成为一个时代的标签，让"中国故事"传遍世界，更加精彩！

紫金陈

每本书我都会推倒重来，写3—5遍

题 记

“中国的东野圭吾”“理工男作家”——紫金陈的标签很多，名声很响。

他的《无证之罪》《坏小孩》《长夜难明》因改编而“出圈”，“出海”欧美。

但是我很少在活动中看到紫金陈的身影。也许因为书并不算厚，便于路上阅读，出差时，我顺手把他的《坏小孩》塞进了包里。

高铁一路向南，车厢里有几个小朋友在嬉戏打闹，旁边的家人不断提醒他们小声点儿，以免打扰到乘客。《坏小孩》写得的确不错，情节层层推进，悬念设计得恰到好处，但是我越看越唏嘘，我总是不能把紫金陈笔下的孩子与我身旁这些正在玩耍的现实世界中的孩子联系在一起。“成年人眼里，孩子永远是简单的，他们根本想象不到孩子的诡计多端，哪怕他们自己也曾当过小孩”——《坏小孩》扉页上的这几句话让我对木讷少言的紫金陈产生了好奇，我或多或少知道一些他的家世，这里面究竟有没有他的影子？

2023 年 3 月 1 日，在"中国网络文学影响力榜（2021 年度）"发布仪式上，紫金陈担任"网络文学 IP 改编影响力榜"的开奖嘉宾。其间，我们聊起了《坏小孩》的创作背景。

2023 年 4 月 23 日，世界读书日。我约了网络作家蒋胜男、烽火戏诸侯、天蚕土豆、紫金陈在"央视频"开直播访谈，聊网络文学、IP 改编以及"网文出海"。下了直播后，着急回家的紫金陈告诉我，他创作的悬疑推理题材小说除了《无证之罪》《坏小孩》《长夜难明》"三部曲"之外，将有延续，他赶回家就是要尽早完成《长夜难明：双星》，这是第四部。

2023 年底，在《长夜难明：双星》出版前的几个月，紫金陈在微信给我发来《长夜难明：双星》的 Word 版本。感谢他的信任，我对这部作品也满怀期待。

◀ 紫金陈

　　紫金陈，本名陈徐，1986 年出生于浙江省宁波市象山县石浦镇。中国作家协会会员，浙江省网络作家协会副主席，中国知名网络作家，擅长写作社会派推理小说。出版作品十余部，获得第四届"茅盾新人奖·网络文学奖"。代表作品有"推理三部曲"——《无证之罪》《坏小孩》《长夜难明》，其作品全部影视化且在海外颇受欢迎。女性悬疑题材小说《长夜难明：双星》于 2024 年推出。

▲ 图 1 紫金陈的作品《长夜难明：双星》

> **作家自述笔名由来**
>
> 2004 年，我考入浙江大学建筑工程学院水资源与海洋工程专业。在浙江大学读本科时，我住在紫金港校区，其间我在网上连载小说，就取了个笔名叫"紫金陈"，意思是住在紫金港的陈同学。

一、创作：是一个修正自己的过程

本书作者：紫金陈，您毕业于浙江大学，笔名也来源于浙江大学，可以说浙江大学是您创作的起点，但您在浙江大学所学的专业貌似离文学创作比较远，而且我听说您在浙江大学读本科的时候，对经济学很感兴趣？

紫金陈：是的。大四学生在毕业离校之前一般会在学校摆摊卖书，我在读大二的时候，看到他们卖书，就花 5 元钱买了一本《证券投资学》，然后就"误入歧途"，开始炒股。

本书作者：那您后来怎么想到了写作？我知道您在大学期间就创作了商战题材的小说——《少年股神》，在网络上进行连载，很受欢迎，您还成了当年的人气写手。

紫金陈：因为我个人非常喜欢炒股，所以就以炒股为创作题材，在网络上连载小说《少年股神》。我一开始是写着玩儿的，没想到的是，《少年股神》成了天涯论坛的热门帖子，而且还有几家出版社联系我，想要买下版权。

本书作者：您后来在创作的时候，把一些炒股的经历也带到了书里。比如，在《长夜难明》里，法医陈明章悄悄地跟旁边人说"我要告诉你一个大秘密，要买茅台"之类的情节。

紫金陈：是的，我会把炒股的桥段和现实生活中遇到的一些事情融进我的小说中。比如，在我创作的作品中经常能够看到浙江大学的影子。那时候我在浙江大学上学，写了一本结合恐怖、推理等元素的小说《浙大夜惊魂》（后改名为《禁忌之地》），2010年6月，这本书在网上连载。我用了一个月的时间写了26万字，当时还挺受读者欢迎的。

本书作者：那您在2008年本科毕业之后，应该顺理成章地成为一名小说家？

紫金陈：并没有，当年我对成为一名小说家毫无兴趣，反而钟情于炒股。我在毕业之后就加入了一家炒股软件公司，但是公司发的工资比较少，工作强度又比较大，也没有什么上升空间，我干了一两年就辞职了。后来我回到了宁波老家，妈妈让我考公务员，我就真的学习了大半年，而且我有信心能考上。但是我后来一想，我这自由自在的性格实在不适合在老家当公务员，于是就在报考前一周放弃了。为了能够养活自己，我又从零基础学习了编程。我想开网站，但后来发现没人点击，根本不赚钱，还亏了好几百元。还好我当时有一些存款，但是我不动存款，而是花这笔钱的利息。我很节约，每个月只消费500元。

本书作者：在这期间您会看网络文学作品吗？怎么又想到进行小说创作？而且还选择了悬疑推理这种类型？尝试过其他类型的创作吗？

紫金陈：说实话，我不是一个很喜欢读书的人，以前读过的经典文学作品也不多，只读过几本金庸和古龙的武侠小说，在网上看过《鬼吹灯》《诛仙》这些网络小说，没有读过推理小说。在当学生和刚上班的时候，我都是业余写作，只把写作当成爱好，而不是养家糊口的手段。工作不顺心的时候，我回想起自己刚写作时的那段经历，觉得很有意思，于是就静下心来研究了一下网络文学市场。

本书作者：您是怎么研究的？会采用什么方法？

紫金陈：我用做产品经理的思路，通过市场调查，把所有主流的网络小说都分析了一遍。一开始我想写仙侠题材，但是通过数据分析之后，我发现市场竞争实在是有些激烈。于是我就分析其他类型的小说，发现悬疑推理题材的作品是很有市场的，而且竞争小。刚好在那个时候，我看到日本作家东野圭吾的推理小说在国内特别受欢迎，自己也读了几本，突然觉得当个小说家也是可以的，我也相信理工科的学习背景会让自己有更好的逻辑思维能力，可以写出比国内大部分推理小说质量更高的作品。出于这样的考虑，我决定写推理小说。

本书作者：您是用商业的眼光，通过理性的分析找准了推理类型的网络文学作品有值得挖掘的空间，读者市场广阔，容易出成绩，所以才开始进行推理悬疑小说创作的？

紫金陈：对，如果写传统文学作品，我肯定写不过那些传统作家，所以我就从类型小说着手。悬疑推理在类型小说里面是一个非常大的品类，根据市场情况来看，中国的社会派悬疑推理作品相对较少。另外，从国际层面来看，国外的许多畅销小说都是悬疑推理类。当时中国的确缺少优质的悬疑推理小说，更缺少由悬疑推理小说孵化的 IP，所以我选择写根植于中国特色的社会派推理故事。

本书作者：于是，您就决心开始全职进行写作？您的第一部作品创作完成之后，反响如何？

紫金陈：第一部作品创作完成之后流量挺好的。于是，我在妻子的支持下，从 2012 年开始进行全职写作。为了积攒人气，同时也为了看看市场反应如何，我的小说一开始是免费连载的，先推出的是《高智商犯罪》，我看反响不错，后面就陆续推出了"推理三部曲"——《无证之罪》《坏小孩》《长夜难明》。现在回过头来看，写作这条路的确是最适合我的。

本书作者：也就是说，您给自己制定了一条路线：先在网上免费连载 4 部小说，积累一些人气和口碑，然后进行图书出版。据我所知，目前"推理三部曲"系列图书累计销量已达数十万册，受欢迎程度可见一斑。这些故事的创意和灵感来自哪里？

紫金陈：我觉得创作灵感是很私密的事情，每个人都不一样。总的来说，写作的人相对敏感一些，喜欢观察周围。观察的过程就是积累的过程，在这个过程中，我逐渐形成了自己的思考。看新闻也是积累素材的方式，尤其是看民生新闻里的鸡毛蒜皮，我会把自己当成当事人，在心里处理那些困境，挖掘其中的人性本质。

本书作者：三部作品我都看过。《无证之罪》以一起连环杀人案为线索，讲述了警察严良在重重迷雾中追寻真凶的故事。《坏小孩》讲述了沿海小城的三个孩子在景区游玩时无意间拍摄记录了一次谋杀。然而，他们非但没有选择报警，反而以录像去要挟张东升，进而牵扯出了 9 条人命。《长夜难明》讲述了由警察、检察官、法医、律师及他们背后默默无闻的支持者，用 10 年之久，历尽种种磨难，为具有正义良知的支教教师侯贵平翻案，与黑恶势力做斗争的故事。这些故事有真实的原型案例可以参照吗？

紫金陈：小说《无证之罪》的灵感来自我多年前看到的一则社会新闻，讲的是某个小镇上有名女中学生被杀，警方对比了镇上两万多名男性的指纹，最终将罪犯绳之以法。于是我就想到了"杀人是为了找人"这个故事核。《无证之罪》写完的时候，刚好我老婆怀孕了，我在寻找下一部作品的灵感，就想到以未成年人为主题写一部推理小说。2014 年，我开始写《坏小孩》，可能当时我的创作技巧还不够成熟，有一点儿过于用力了。我觉得这三个小孩的本质并不坏，而是外界对他们的影响太大了。朱朝阳其实是一个非常隐忍的小孩，他在课桌上写下"吃得苦中苦，方为人上人"，但是外界一次次给他造成打击，才引起了他的反抗。我觉得孩子有自己的世界，很多大人之间的事会印刻在孩子的成长过程中。比如，离异家庭对孩子的影响就非常大。《长夜难明》的创作，我受到了一位书粉的启发。最高检新媒体中心的一位负责人与我相熟，在一次聊天中他说："你已经写了很多警察视角的故事，能不能写个检察官的故事？"我说自己对检察官这个职业不了解，不知道他们是怎么工作的。他马上给我推荐了两本法学工具书：《中华人民共和国刑事诉讼法》《中华人民共和国检察官法》。他告诉我，在这两本书里，我可以找到所有答案。后来在《长夜难明》里，关于检察官的日常工作和里面涉及的所有法律知识，都来自这两本书。

本书作者：您创作的"推理三部曲"之间并没有故事关联，都是各自独立叙事。我个人感觉您很擅长将撕裂的现实直接抛给观众，直击人性，您的作品有着强烈的社会批判性，看完之后让人掩卷深思。

紫金陈：我的创作是有时代背景的。2013年，中国掀起司法改革，在这个过程中，涌现出许多为了司法正义而努力的警察、检察官、法官、法医等。就像《长夜难明》里面所描述的，为了查出一个真相，他们不惜付出青春、事业、名声、前途、家庭，甚至是生命的代价。也正是因为我始终坚信江阳是真实存在的，所以才能创作出这样的作品。我的作品看上去悲剧色彩比较重——《无证之罪》是个人的悲剧，《坏小孩》是家庭的悲剧，《长夜难明》是社会的悲剧。但是我想通过作品表达：每个人都向往正义，每个人都有赤子之心。

本书作者：我可以理解为写作也影响了您的价值观吗？

紫金陈：写作和人生的价值观是一种正反馈的关系，写作也是一个修正自己的过程。最初我写作的确是为了谋生，但我后来写了《坏小孩》《长夜难明》等作品之后，发觉那些虚构的人物反而让自己的价值观变得更加积极。这让我思考：身为作家，应该有什么样的社会责任感。这几年在网上至少有二十几个人给我留言，说看了《长夜难明》的故事后，他们在高考时选择了法律专业，毕业后选择了在公检法机关工作。我每次看到这样的留言都感觉特别开心，作为一名网络作家，在那一刻，心里特别满足。

二、品质：每本书我都会推倒重来，写 3—5 遍

本书作者：小说的主题明确、案件确定之后，故事的走向、人物的形象、推理的脉络如何铺陈布局呢？

紫金陈：很多时候，写小说主要还是靠想。最初写作时，我甚至都没有列一个完整的故事大纲，可能会把故事的开头、结尾甚至中间的细节作为构思的起点，就像拼图那样，一块块、一张张地逐渐拼出一个故事的形状来。

本书作者：拼图的过程顺利吗？会"卡文"吗？

紫金陈：我"卡文"还是很严重的，我比较擅长的是宏观设计，但是一到落笔的时候，就感觉没有宏观设计的那种境界，写不出来我想要的那种感觉。故事的大情节是早就构思好的，比如人物、线索，这些一般是提前设计好的，但是具体到从这个情节到那个情节怎么过渡的问题，不太好写，我都会"卡文"。

本书作者：您的作品一般是十几万字，篇幅不长，但是情节非常紧凑，内容很有张力。一旦"卡文"怎么突破，会不会用惯用的"偶遇""巧合"来实现过渡？

紫金陈：我不会用"巧合"来给故事"注水"，我会把自己关在屋子里一连几个星期，不停地逼迫自己去思考和创作，推理的逻辑线、故事情节的设置、人物的塑造，需要反复打磨。我写完之后，还会不断进行调整。我的每部小说通常都会写 3—5 遍，不是修改，而是重写，一般写到一大半时就开始重写了。

本书作者：如果写到结尾了，您在回过头来看的时候，突然发现某一个小细节有可能经不起推敲，也会重写吗？

紫金陈：肯定会的。如果我写到后面时想到一个新的情节，或者发现一个问题不是靠修改能够解决的，而是动了根本的，那就只能重写。我对作品的检验标准就是"不能按套路出牌"，如果写着写着落入俗套，或者想到其他作家可能也会这样写，或者觉得读者可能会猜到后面的情节，我就会开始警惕。另外，如果人物不够生动，变得有点儿符号化了，我也不会满意。我会重写，而且会反复折腾四五遍，直至写到自己满意为止。

本书作者：您明明已经呕心沥血写了十几万字了，怎么就突然对自己的作品不满意了，还必须要重写？在这个反复的过程中，您的内心是什么感受？

紫金陈：当时我的内心特别纠结。我这么做需要勇气，更需要坚定的决心。因为我知道，一部作者都不满意的小说，一定骗不了读者，哪怕书中有一处不合逻辑的地方，读者也一定会感受到。要让读者觉得故事顺理成章，就必须反复推敲、推倒重写。

本书作者：您是个追求完美的创作者，要求必须达到"情理之中，意料之外"？每本书都要重写 3—5 遍吗？有没有写得非常顺利的小说或是不需要太多修改的作品？

紫金陈：没有。我觉得没有哪一部小说是写得很顺利的，都非常困难。我会站在每个角色身后，想象逻辑是否自洽。2023 年 4 月 23 日，咱们做直播活动的时候，我说女性悬疑小说《长夜难明：双星》很快与大家见面，但是直到 12 月我发给您《长夜难明：双星》的电子版，这部小说才刚刚完结，2024 年

《长夜难明：双星》才出版上市。中间的多半年时间里，我都在反复推敲这本书，也重写了几遍。因为推理小说的精彩程度直接取决于案件的内在逻辑是否能环环相扣。在我看来，现实世界和作品中的世界其实是同一个世界，在写作的时候，不论主角配角、正派反派，我都会身临其境，将自己代入角色身处的环境中，否则写出来的情节、动作、台词都是悬浮和空洞的。哪怕是个配角，我也会代入其中，假设我在现实生活中遇到同样的情形，我会说什么话、做什么事，这样人物才会丰满，逻辑才会严谨。

本书作者： 但是我看到网上也会有人质疑您的文笔，说您不注重文学品质。比如，《坏小孩》里的"过了几秒，眼泪如兰州拉面般滚了出来"，《长夜难明》里的"伸出大手，像张印度飞饼一样拦在了他面前"等，被读者吐槽。

紫金陈： 我当然是追求文学品质的，其实我一直认为自己的文笔挺好的，我很看重可读性，这些只不过是"二次元式的搞笑"。我写小说不注重华丽的辞藻和优美的陈述，而是站在旁观者的角度，平淡地陈述一个故事而已。其实就像在网上买东西，你觉得这个东西很好时，是不会在评论区说话的。只有你觉得这个东西不好时，才会在评论区说话。所以评论区的大部分话是负面的，但负面评价占我的读者总数的比例是很少的，我追求的是"最大公约数"，大部分人喜欢就行了。网上的评价也让我回望现实，心态豁达、刻薄的人有着不同的生活际遇，我应该思考的是产生这些网络负面评价的原因，从而增加思考的深度。

本书作者： 您创作的悬疑"推理三部曲"——《无证之

罪》《坏小孩》《长夜难明》，人物鲜明、情节曲折、节奏快、反套路，您觉得这些作品的创作特色是什么？它们为什么能够叫好又叫座？

紫金陈：首先，我的作品故事线都非常流畅。因为我是类型小说作家，所以非常讲究故事的完整性、流畅性，还有关注读者的阅读体验。我坚持的文风，就是追求充满快感的阅读体验，读的时候停不下来。其次，除了写出好看的故事，我的每部作品里，几乎都能深刻反映一些社会问题，我会有不一样的东西想要表达出来。比如，我在《长夜难明》中塑造了一群一心维护社会公平正义的热血人物；《坏小孩》里的故事，是希望人们能去反思未成年人的犯罪源头在哪里。

本书作者：您的作品结构特点确实与众不同，通常用一个令人费解的故事，设置匪夷所思的悬疑；两三条主线交替前行，推理、悬念、人物纠葛、案件推进等隐匿其中。您就像是带着读者玩剧本杀一样，这是不是您想要达到的效果呢？

紫金陈：我写悬疑推理小说，主要胜在情节。在情节设计上，我自认为是走在前列的，因为我一直是以创新取胜的。而且我最不喜欢的就是故弄玄虚，只在谜题设置上花心思和用技巧。我不希望自己的作品让读者翻来覆去地看、颠来倒去地猜，我希望读者阅读流畅，让他们跟着情节走，而不需要动脑子。

本书作者：很多人说您是中国的"东野圭吾"。您也看过他的作品，如何评价？

紫金陈：东野圭吾的小说更重视对个人情感的剖析，而我的作品更关注对社会问题的发掘，更关注小人物该如何面对生活困境等。比如《长夜难明》，我希望读者能觉得这是个好故事，能有不同的理解，看完之后能产生对公平、正义的向往。

三、"出圈"：好书、好剧是"孪生子"

本书作者：您的作品 IP 开发后特别火。2017 年，《无证之罪》改编为同名网络剧，豆瓣评分 8.0 分；2020 年 6 月，由《坏小孩》改编的网络剧《隐秘的角落》上线，该剧在豆瓣累计获得 100 多万人参与打分互动，评分最高达 9.2 分；2020 年 9 月，由《长夜难明》改编的网络剧《沉默的真相》上线，赢得了 9.0 分的高分。您预测到了吗？

紫金陈：我本来就是"IP 向"的网络作家，我创作的出发点就是为了影视化，作品是 ToB（面向企业客户）的，由影视公司直接预订。从 2015 年到现在，我的所有作品都是在没写之前就卖了版权。虽然被买走了版权，但是在故事创作方面，影视公司不会对我有任何限制，我是自由发挥的。我在创作小说的时候，就在一直想着它的改编。所以，我会写情节和画面感比较适合影视化的作品。比如，设置双线或者多线的叙事结构，场景间的切换也会有分镜头意识。

本书作者：由《坏小孩》改编的《隐秘的角落》，由《长夜难明》改编的《沉默的真相》也带火了爱奇艺的"迷雾剧场"。您自己会追着看剧吗？

紫金陈：《无证之罪》播出的时候，我是准时守在电脑前看的。一开始我是比较着急快进着看，主要是看讲故事的节奏怎么样，就怕拍得太文艺，后来发现讲故事的节奏还不错，然后又慢慢地重新看。2020 年 6 月，《隐秘的角落》开播，我在看过免费剧集之后，觉得很惊喜，并在付费点播开始的第一时间花钱下载了剧集，一口气看完，改编远远超出我的预期。我觉得最难得的地方，是让小说事件中的逻辑在改编之后仍然成立，人物的性格也很鲜明。小说的底色其实有一点儿灰暗，但网络剧改编得更有温度。《沉默的真相》开播的时候，我看完第二集后，就知道这部剧也"立住了"。我写的《长夜难明》小说大约有 13 万字，改编的网络剧《沉默的真相》很好地还原了我的作品。

本书作者：好像对于您而言，好书、好剧是"孪生子"，那您认为什么样的作品更容易 IP 化？除了"IP 向"的创作初衷，您觉得您的作品改编取得成功还在于什么方面？

紫金陈：我觉得 IP 改编最主要的还是要求小说的故事性强，有些画面无法呈现出来的话，可能 IP 改编就会比较难。故事性强、画面感强的作品就更容易 IP 改编。我的"推理三部曲"尽管故事、案件、人物有所不同，但强烈的社会批判性是它们的共同特点。我想在某种程度上，这也是它们的 IP 改编能够引爆国产悬疑剧市场的原因。

本书作者：这几部推理悬疑剧的火爆，也让您被越来越多的读者和观众所熟知。现在是"全 IP 时代"，《坏小孩》等作品也会陆续被改编成舞台剧？

紫金陈：是的，读者可以从原著小说、影视剧、舞台剧、漫画等载体中了解一部作品。它们的火爆，也可以反哺小说的知名度和销量。《坏小孩》《长夜难明》的销量，在它们 IP 化的加持下有了很大的提升。

本书作者：《坏小孩》的影视改编也带来了很多网络"热

梗"，"你看我还有机会吗""一起去爬山"等，当时在全网引发了"爬山梗"的热潮。您怎么看待这些"热梗"的出现？

紫金陈：其实在网上连载、出版图书的时候并没有这些"热梗"，这些"热梗"是靠影视化来推动的。我想，可能对于大众而言，读书还是小众爱好，作品更多的受众可能还是来自观众，因为视频的呈现方式更具有传播性。

四、"出海"：作品更受欧美受众青睐

本书作者：您的《坏小孩》在 2023 年入围英国推理作家协会本年度推理小说译著"匕首奖"决选名单，这是我国文学作品第一次入围该奖项。您怎么看待这次入围？

紫金陈：这多亏中国作家协会把我的作品纳入"中国当代作品翻译工程"，进行了英文版本的翻译。《坏小孩》讲的是关于孩子的问题，可能中西方的教育方式不一样，但是中国孩子和外国孩子在同样年龄段的心理特征是一样的。尽管《坏小孩》这部作品主要是讲中国的社会、家庭对孩子造成的影响，但是也受到了西方读者的认可。我想，不同文化之间是共通的，对于"好故事"是可以形成共识的，优秀的网络文学作品能够冲破不同种族、不同文化的壁垒。

本书作者：除了中国作家协会把《坏小孩》翻译成英文，推向英语世界之外，2023 年中国作家协会网络文学中心实施的"网络文学国际传播项目"把《坏小孩》翻译成斯瓦希里语，通过在线阅读、有声剧、视频推介的形式把《坏小孩》推向了非洲。《坏小孩》有声剧由肯尼亚资深电视主持人 Jacob Mogoa

（雅各布·莫戈亚）担任主播，由其团队录制，并为本书精心制作了宣传片花。

紫金陈：非常感谢中国作家协会网络文学中心。2023 年 4 月，我在北京封闭一周改稿，之后我的《坏小孩》进行了斯瓦希里语版本的翻译，以及有声剧的录制。《坏小孩》斯瓦希里语版本的翻译 Pili Mwinyi（皮莉·姆维尼）非常喜欢这部作品，她跟我做了不少交流。

本书作者：我专门邀请她去杭州参加了"中国国际网络文学周"，她对您的作品提出了几个专业性的问题。关注网络文学的人经常能看到关于"人设"和故事哪个更重要的讨论，部分作者认为"人设"应该服务于故事，而不应该凌驾于故事之上。另外一部分作者则认为，小说是写人的载体，只有人物鲜活，故事才有生命力。您如何看待二者间的关系呢？

紫金陈：不同创作者有不同的思考方式。我的创作是故事优先，其次才是"人设"。

本书作者：那么您在创作中如何看待平衡易读性、艺术上的认可、商业价值等元素？

紫金陈：我觉得作为类型小说的话，还是易读性最重要，因为写作者最希望的是这部小说能被更多的人看到，如果这部小说过分追求艺术性的话，可能不会那么好读。可能类型小说和传统文学是不太一样的，传统文学更注重文学性、艺术性表达，但创作类型小说，首先得把故事写得好看，只有在好看的基础上，你才能表达自己的价值观。

本书作者：您个人认为《坏小孩》是一部什么样的作品，您自己怎么评价这部作品？

紫金陈：我觉得《坏小孩》还是一部讲中国社会和家庭的作品，这部作品是比较写实的。

本书作者：这本书最后的结局给读者留下了悬念，结尾处您把朱朝阳的命运寄托在发现真相的严良的最终选择上——拨通举报电话或者取消举报电话，是个开放性结局。您是如何解读这个结局的？

紫金陈：这个就留给读者去解读吧，因为很多事情没有对错之分，不同的人看待同一个事物，是有不同的理解和看法的。我留下一个开放式结局，就是希望让看这部小说的人对结局可以有不同的理解。

本书作者：您认为《坏小孩》一书在中国推理小说创新方面有哪些亮点呢？

紫金陈：我觉得这部小说的最大亮点是，它全程是没有谜题的，包括所有的犯罪过程，所有人物的走向，全部在上帝视角下发生，不设任何一个谜题，然后在结尾进行反转。当时我写的时候，这也是非常创新的手法，花了很多的心思。

本书作者：《坏小孩》有声剧从2023年9月起在斯瓦希里语手机客户端"火花"和"国际在线"斯瓦希里文网站开始连载，共计发布音频节目85集，累计音频播放量达上百万次，取得了良好的收听效果和传播效果。《坏小孩》不仅文本、有声剧在海外受欢迎，改编的网络剧《隐秘的角落》也很受海外观众的青睐。

紫金陈：2020年，由《坏小孩》改编的网络剧《隐秘的角落》被日本、韩国、澳大利亚、新加坡、马来西亚、越南等引进并陆续上线播出。2021年，这部剧登陆日本第一家收费民营卫星电视台 WOWOW，这是该电视台首部全权引进的中国电视剧，也是首部在其平台播出的中国现实题材电视剧。《隐秘的角落》获得 2020 年釜山国际电影节第二届亚洲内容大奖"最佳创意奖"，成为首部获得该奖项的中国电视剧。2021 年，《隐秘的角落》成为首部获得首尔国际电视节迷你剧集单元"银鸟奖"的中国短剧集。《坏小孩》在亚洲还是非常火的，韩国、日本等也直接购买其版权，要在当地重拍。2023 年，日本翻拍《坏小孩》电影，已在 3 月"香港国际影视展"上首次发布 FILMART 特制版海报。

本书作者：由《坏小孩》改编的网络剧《隐秘的角落》是首次，也是目前唯一一部入选美国知名权威杂志《综艺》（*Variety*）"2020 年全球 15 部最佳国际剧集"榜单的国产剧。您觉得为什么它能够受到欧美市场的欢迎？

紫金陈：其实，我创作的悬疑"推理三部曲"里的第一部《无证之罪》改编的同名网络剧，在 2017 年就作为第一部在美国奈飞网（Netflix）播出的中国网络剧登陆北美、欧洲等地，而且获得 2018 纽约国际电影节"最佳犯罪剧集·铜奖"。《坏小孩》《长夜难明》的影视版权也被美国 HBO 电视网买走了，正在进行翻拍。我本身是"IP 向"创作的，我创作的小说已经"出圈"，被改编成了影视剧，本身在国内比较受欢迎。在欧美，快节奏、重悬念、强反转的悬疑推理剧非常流行，欧美观众有喜欢看推理悬疑剧的传统。由我的作品改编的《隐秘的角落》《沉默的真相》等，在题材上与国际流行的影视题材非常契合，所以就更容易"出海"。

本书作者：这样的"出海"成绩有没有反哺您的文本

创作？

紫金陈：国内就不用说了，每部影视剧的热播都会带动我的书籍销量。在"出海"这方面，《无证之罪》的文本书籍已经在美国、韩国、越南等国出版了；《坏小孩》的文本书籍已经在日本、英国、韩国、印度尼西亚、越南等国出版了；《长夜难明》的文本书籍已经在韩国、越南、俄罗斯等国出版了。可能连载、出版、"出圈"、"出海"对于我而言是全链条的，最核心的还是我要创作出"好故事"，这也激励我要创作出更好的作品。

五、未来：关注社会变迁，书写小人物的命运

本书作者：您怎么看待人工智能 ChatGPT 的出现？您认为，人工智能写作的出现会对网络文学产生什么样的影响？

紫金陈：我年轻的时候是学过编程的，以我的理解，计算机的归纳能力、推理能力都是具备的，但是它始终缺少创造力。人工智能只能是搬字工，它所生成出的作品，没有感情，也没有思想，更没有亲身经历的共鸣。但对于网络小说创作而言，不容忽视的是，人工智能写作未来可能会改变一个规则。现在很多平台是有保底收入的，如果用人工智能写作，一个人可以开几百个账号，可以从每个平台拿点儿保底收入。所以，将来"保底写作"这样的规则肯定是要变的。

本书作者：感谢您在创作完成后第一时间发给我《长夜难明：双星》电子版本，这是我在 2023 年读的最后一本书。在我看来，这是一部非常优秀的女性悬疑题材小说。

　　紫金陈：《长夜难明：双星》是我第一次尝试女性题材的作品，2024 年 1 月出版。这是一本围绕"母爱"主题的小说，讲述了两名女性的故事。母亲是天上的星，所以称为"双星"。这本书反映了人到中年时遇到的一系列来自家庭、社会的问题。我自己也步入中年，这几年有很多中年人的感受，因此把它们写进了小说里。我希望读者读完这本书后会觉得很真实、很熟悉，这里面的人物仿佛就生活在自己的周围，我只不过是把他们写了出来。

　　本书作者：您对自己的文学生涯有什么规划吗？未来会有什么打算？您会继续创作悬疑推理小说吗？

　　紫金陈：我是写现实主义小说的，就要一直关注最新的社会变迁。接下来，我应该会继续写中国的社会派推理故事，我希望写更多小人物的命运。未来我可能会更关注一些大家平时都看得到的、接触到的人，比如外卖员、奶茶店的小工，关注他们身上发生的故事。因为我觉得每个人身上的情感是一样饱满的，只是他们不会渲染得那么动情，但是他们失恋、经历挫折和痛苦……情感和我们是一样饱满的。所以，我未来几年应该会着重写周围这些普通人的故事。

　　本书作者：您认为什么样的作品可以称得上是好作品呢？

　　紫金陈：我个人认为对于小说来说，排在第一位的还是故事要好看，就是要让读者看得下去。对我而言，更追求文笔的流畅度，让读者快速看完这个故事是我的第一要求。接下来，才考虑这部作品是有深度的、有表达的，看了之后能够让人有所思考的。

　　本书作者：您在 2022 年获得了第四届"茅盾新人奖·网络

文学奖"，组委会给您的颁奖词为：紫金陈的作品善于将推理与社会、犯罪与人情有机地融合在一起，作品题材不一，风格多样，但都贯注着深沉的法理观念与深厚的人文情怀。强烈的现实关怀，多样化的题材，绵密有致的叙事结构，晓白通畅的语言，耐人寻味的情节，巨大的情感震撼力，使紫金陈的作品从网络文学中脱颖而出，并受到读者的热切关注，产生了广泛的社会影响。按照您对好作品的理解，有这样评价的作品是好作品吗？您在拿到"茅盾新人奖·网络文学奖"之后有什么感受？

紫金陈：应该算是吧，我自己认为是呀。"茅盾新人奖·网络文学奖"的奖杯是沉甸甸的，获奖后，我很开心，也很忐忑。我以前虽然也拿过很多奖，包括部分影视方面的奖，但这一次是目前为止在我的"本职工作"——小说创作上拿到的最高奖项。这次获奖既是鼓励，也是鞭策。

本书作者：未来您想达到什么样的目标呢？

紫金陈：梦想总是要有的，我希望有朝一日可以去掉奖项前的"新人"二字，向"茅盾文学奖"这一更高目标进发。

从史学研究踏入网文写作

题 记

　　《山海经密码》系列再现了上古时代的地理及人文风俗。《山海经·候人兮猗》图文本，串联了夏朝、商朝、周朝、秦朝的始祖人物。《十三行》的创作，以广东真实的十三行历史为蓝本，还原了清朝时期的世界商战——这些都出自热衷于历史题材网络小说创作的阿菩之手。写作近20年，出版著作几十部；拥有暨南大学历史学硕士和文艺学博士学位；身兼网络作家和文学批评家双重身份，阿菩对历史题材网络文学作品的创作有什么样的心得？面对汹涌而来的"Z世代"网络文学创作者，自身将遇到什么样的挑战？对整个网文行业又有何期许？接下来，我将与阿菩进行面对面的交流，听听这位历史题材网络作家的感悟。

阿　菩

阿菩，本名林俊敏，1981 年出生，广东揭阳人。文艺学博士，中国作家协会会员，广东省作家协会副主席，广东省网络作家协会主席，中国作家协会第十届全国委员会委员，中国作家协会网络文学委员会委员，广东省政协委员。入选中宣部"2019 年宣传思想文化青年英才"。

自 2005 年开始发表作品，至 2018 年创作逾 1200 万字，独立创作并结集出版文学专著数十部。代表作品有《山海经密码》《山海经·三山神传》《十三行》。

▲ 图 1　阿菩的作品《山海经·三山神传》

作家自述笔名由来

我的笔名是当时的 QQ 网名，原来叫"菩萨蛮"，取自词牌名，后来朋友觉得"菩萨蛮"文绉绉的，就叫我"阿菩"，叫着叫着，我干脆改名为"阿菩"了。

一、以史为本、合理想象是我的创作原则

本书作者：《山海经》是一部中国人自己的书，里面的故事大家耳熟能详：夸父追日、精卫填海、大禹治水……据说《山海经》全书记载了 40 多个方国、550 多座山、300 多条水道、100 多个人物、400 多种神怪神兽。这些内容光怪陆离，真真假假，神秘莫测，仿佛是在华夏大地上打开了一个平行宇宙。从先秦流传至今，人们对《山海经》的演绎从未停歇，但因其涉及文学、神话学、历史学、文献学等众多学科，学界对其作者、成书年代、内容性质等基本信息也一直难以达成共识。司马迁就曾在《史记》中说道："至《禹本纪》《山海经》所有怪物，余不敢言之也。"尽管如此，不少专家学者仍然热衷于破解《山海经》之谜。您是出于什么样的考虑，不仅要解开《山海经》密码，还要进行《山海经密码》的创作？

阿菩：我第一次深入接触《山海经》，是在大学本科读书期间。我的老师刘晓春是中国著名民俗学大师钟敬文先生的弟子，现就职于中山大学中国非物质文化遗产研究中心。刘老师

当时教授我们民间文学和民俗学，其中一堂课讲到了《山海经》。不知道为什么，我对那一堂课的印象极为深刻。老师的启发，犹如向自己敞开了一扇未知但充满无限想象的大门，于是在课后，我搜罗了许多有关《山海经》的书籍和论文，这才知道，《山海经》在近代学术中有非常特殊的存在意义，傅斯年、顾颉刚、鲁迅等人都投入了相当多的研究精力。随着研究的深入，我慢慢地对这个领域有了更多的了解。大学四年，我收集了市面上关于《山海经》的各种版本的书籍，注释本、插图本、白话本、全译彩图本……但我发现，这些版本的《山海经》要么太深奥，要么太枯燥。怎样才能让更多人读懂《山海经》？我想用好看的小说的形式，把《山海经》重写一遍。后来，我在进行关于《山海经密码》的网络小说创作时，就不自觉地将这方面的知识和感悟运用了进去，没想到将学术积累和文学创作以及网络传播相结合，竟产生了意想不到的效果。

本书作者：您上大学是在 2000 年，那时候纸质出版比较盛行，网络文学作为一种新生事物才刚刚出现，您是怎么知道网络文学的？又是从什么时候开始在网络上进行小说创作的？为什么会先想到用网络小说的形式创作《山海经密码》？

阿菩：其实我创作《山海经密码》是在本科毕业之后，那时候我是一名商业周刊的记者，本科毕业后工作了一年，我又想重返校园继续读书。有一次，我很偶然地回学校，一位教授启发了我：网络文学很热门，可以关注一下，看看能否作为学术研究的一个方向。这位教授还给我推荐了一些网络小说，我回去之后又找了不少网络文学作品来读，读完之后觉得很有趣。为了从网络文学入手做研究、考研究生，为了更好地做学术，思来想去，那我就自己写吧！我伪装成一个作者，打进网络文学的圈子，然后就可以进作者群里去跟他们聊天了。于是，我边工作边写作，并且尝试着投稿。每天晚上下班后，我先写作两个小时，然后赶在零点之前在网站上进行更新。我的第一部作品《桐宫之囚》，也就是后来销量百万级的畅销书《山海经密码》，就这样完成了。2006年，我收到了暨南大学的硕士研究生录取通知书，还拿到了商业网站的第一个签约合同。重返校园后，我读着自己最喜欢的历史学，继续着网络小说的创作，这两个契机让我坚定了网络文学的创作道路。

本书作者：与《山海经密码》不同，在《十三行》中，您把目光拉回了曾经的广州十三行，是您的兴趣点发生了转变，还是更聚焦于发生在身边的历史？

阿菩：近年来在对史书的接触中，我的兴趣点的确也在悄然发生转变。以前我喜欢汉唐的长安和洛阳、明清的北京，近年来则更关注身边的历史，对近代史的兴趣渐浓。我一直觉得广州的十三行极具魅力，是一座亟待开掘的文学富矿。特殊的历史因素让它的重要程度不亚于晋商、徽商，但因没有类似《乔家大院》《红顶商人胡雪岩》等经典文艺作品加持，十三行的影响力及历史意义无法进一步扩大，而成为岭南文化的一颗遗珠。

我创作《十三行》的初衷很朴实：我的原籍在潮汕，如今我在广州定居，我想用文字去还原和重塑广州十三行最具冲突的历史故事，把广州十三行这颗文化遗珠打磨发亮，让更多人通过《十三行》认识广州，认识岭南的历史传奇魅力。

目前，《十三行》的影视版改编及拍摄也进入实质操作阶段，我自己担任该剧的编剧。山西的乔家大院之所以名声大振，很大程度上是因为相关的影视作品放大了它的影响力。十三行曾经诞生过伍秉鉴这样的世界级首富，这些历史在文艺作品中还缺乏体现，很可惜。而且里面的故事的确有意思，比如，"中国制造"很早就驰名海内外；广州在十三行最繁盛的时候不是"富得流油"，而是"富得流银"等。我希望除了文字之外，以后人们在影视剧中也能够对十三行有所感受。

本书作者：这样看来，您的创作主要集中在两个领域，一个是神话领域，比如《山海经密码》；另一个是历史领域，比如《十三行》？

阿菩：尽管集中在两个领域，但对我自身来说，其实这两个领域是同一个东西，那就是历史。我所写的神话基本不涉及中古与近古神话，主要是上古神话。上古神话和中古以后神话的最大不同是，中古以后神话的写作者知道自己写的东西是编的，而上古神话的讲述者认为自己写的就是事实。神话是一个民族在蒙昧时期的历史记录，因为认知水平的问题，部落巫师们只能以他们的认知能力来传颂事件。

我写的神话跟别的网络作者写的不太一样的一点：我基本是尽己所能地回归到神话研究本身，从《史记》《天问》及顾颉刚、傅斯年以来对上古历史的研究总结，到数十年来的出土文物所带来的关于上古历史的新解读，我在这个基础上进行创作。我不敢说我写的神话小说就全部符合上古历史，但我的确是将研究所得小说化，而不是按照自己的需求去运用这些神话元素。从这个角度讲，我的小说是"述而不作"——按照历史去阐述，用研究心得展开想象，而不是单纯靠想象来编故事。

　　了解了这一点的话，那么我写《山海经密码》《十三行》就是一以贯之了，只是因为写作的年代不同，所以展现了不同的历史风貌。

　　本书作者：求学貌似是您的一种生活状态，与创作一样，学士、硕士、博士，感觉每一段求学的经历都会成为您下一部作品的积淀，而伴随您取得硕士、博士学位的还有几部作品的诞生。

　　阿菩：对，写《山海经密码》跟我本科时期研究民俗学有关系。2005 年前后，我创作发表了 90 多万字的长篇历史神话小说《桐宫之囚》（《山海经密码》）。它以《史记》中关于夏末商初的历史记载为基础，以屈原《天问》中关于上古巫术与神话的描写为人物原型，重现了那段时期的政治斗争、军事斗争与神话传说。而写《十三行》的史料积累则来源于硕士研究生阶段，当时我研究的是明清史中的中西文化交流史。2015 年，我回到暨南大学攻读文艺学博士。尽管博士的学业压力很大，但回到校园之后，我的状态却十分好。因为我在之前研读中西文化交流史的文献时，在十三行的史料中发现了许多有趣的商业数字，而这些看起来枯燥乏味的数字会给人以无限的想象。我会设想这些数字之间、票据之间曾经发生过什么样的故事。通过进一步的深入研究，我接触了很多关于粤商、闽商、十三行的史料，并积累了很多素材。在攻读博士学位期间，我结合史实进行想象，以曾经作为中国商业及金融帝国半壁江山的广州十三行为蓝本，将其在那段历史中惊心动魄的商海沉浮以及大清王朝金融执政的历史面貌进行还原，创作了《大清首富》（又名《十三行》）。所以，这就像您刚才所说的，我后来写的有关近古的历史小说基本集中在沿海地区、中西文化交流领域，因为这刚好就是我上学期间所接触的史料领域。

本书作者：其实您在 2005 年创作《山海经密码》的时候，《魔戒》等西方的奇幻文学作品在社会上的影响很大，很多本土作者模仿它们的架构写出了一批以西方文化为背景的奇幻小说。您当时为何要选择以中国神话作为小说内容，带领读者重返东方传说，寻找文明源头？

阿菩：的确，在当时这些奇幻小说成为想象类网络文学作品的主流。我一方面对西方的魔幻文学有所汲取，另一方面也对本土作品中过多的"西式想象"感到一丝焦虑，担心它们可能影响青少年读者的文化审美。其实不仅有我创作的《山海经密码》，还有之前萧鼎创作的《诛仙》等，这些取材于东方神话、奇幻仙侠流派的作品，在网络文学界播下了一颗颗种子，打破了西方魔幻文学对中国奇幻市场的垄断，更将东方的玄幻题材推向海外。现在，东方文化色彩和风格已成为同类网络文学作品中的主流取向。

其实，在我看来，网络文学有很强的文化传承性。首先，是网络小说的价值观传承。网络小说的价值观是非直接嫁接性的传承，有一条变化的传承线。其次，是网络小说创作方法的传承。网络小说的创作方法不是脱离群众的，而是一种集大成的传承，在传承中又会进行有脉络的变革。最后，是网络小说创作心态的传承。即谦虚的写作态度、平等的创作心态和永远面向大众与读者的态度。

二、不想让所谓的 "学院派" 成为我的标签

本书作者：您从什么时候开始接触文学作品？小时候读过什么样的文学作品？

阿菩：应该是上小学的时候，太过久远，我也记不清楚了。我最早读的书籍是连环画（识字之前），第一本还能记得的连环画是梁羽生的《大唐游侠传》，应该是我母亲给我讲述的。我从看连环画时开始识字，而后就迅速转入阅读各种书籍，尤其是小说。当时流行从出租屋租书的形式，我看了大量的通俗文学作品。大概是上小学高年级的时候，我母亲通过个人关系联系上了我们镇上的图书室——当时每一个镇子都有一个图书室。图书室位于电影院旁边，应该是一个常规的文化配备，比图书馆小，只有两个房间，用栏杆间隔。里面是书库，外面是阅读室。书库大概有二十几平方米，分为两层，排满了书。等我去的时候，这个图书室已经没有人光顾了，书架上都是灰尘，馆员也因故不在岗，于是就把钥匙给我了，我高兴地拿了钥匙进去读书。这里有大量的旧书，而且是外面出租屋没有的书，因为出租屋出租的书一般是市场性比较好的武侠言情类，而这里有更多种类的书。当然我喜欢看的还是故事类、历史类书籍，比如《八仙过海》《三国》，但在这里看的《三国》不是《三国志》，也不是《三国演义》，而是一本类似于评书的作品，它将《三国演义》的各个情节拆开来讲，加入了许多演绎情节，十分细致甚至琐碎。我大概用了半年时间将这个图书室的书基本看完了，然后就跑到市内的新华书店，在那里站着看书，成

为让书店管理员讨厌的一个孩子——看而不买。就这样看了几年，我的阅读面也越来越宽。初中之后，我开始由"杂"转"专"，对历史类书籍的兴趣尤其明显，并用参加辩论赛获得的奖金买了《史记》。除了阅读之外，我也进行背诵，少年时期经常将各种书籍大段大段地背诵下来，不但背诵诗词，也背诵古文，如《庄子》《大学》，甚至背诵小说片段，如《红楼梦》《射雕英雄传》，甚至现在都会随口背诵出来。

本书作者：您对阅读量有过统计吗？小时候形成的纸质阅读习惯始终伴随着您吗？随着互联网的出现，尤其是当您自己成为一名网络作家之后，有没有给您的阅读方式带来变化和影响？

阿菩：阅读文学作品的数量无法计算，但阅读的经纬基本可知：历史方面主要是《史记》《汉书》《后汉书》《三国志》，外加《资治通鉴》《续资治通鉴》《明史》；"经子"方面主要是"四书"和《易经》《老子》《庄子》《墨子》《韩非子》等；然后就是大量的文集杂阅，以上构成了我的知识主框架。我还阅读了大量的近现代和当代小说，从文字数量上来说，可能要超过这些框架性阅读文本，但入脑的不多。除了初三、高三之外，我对这种类型文学或娱乐文学基本上每天以1—3本的速度进行阅读，以致眼睛都看坏了。

我阅读网络文学作品的数量又远远超过上述作品的总和，从2005年至今，我常常每天翻阅几十万字。据我所知，许多网络作者也都保持这种阅读习惯，一半是兴趣，一半是习惯。我的阅读类型是全领域覆盖，最偏爱的是都市小说和历史小说，而且我是少数对"女频"小说有着较大阅读量的"男频"

作者。

我喜欢的当代作家是大刘（刘慈欣），在《三体》声明"大水漫灌"之前，我已经阅读完了他的所有能在网上搜到的科幻小说，而我当时并不知道他在科幻文学界的地位。此外，我还喜欢金庸、古龙。近现代文学里，我最喜欢老舍。我对经典文学作者的喜爱就不可穷计了，基本来说，明清小说里，我爱《金瓶梅》多于《红楼梦》；唐诗里，我爱李白多于杜甫；周诗里，我爱《楚辞》多于《诗经》。

在网络出现之前，我的阅读方式主要是出租屋的租阅和书店的"站阅"；网络出现之后我迅速转为电子阅读，并从此无法再习惯印刷体阅读。我的手机和云盘中存有大量的各种形式的电子书，包括古文献在内的各类书籍，我已经习惯电子阅读，甚至当初在购买《三体》的纸质书之后，我翻开书本也无法卒读，最后被迫在网上下载了电子书才连夜读完。我的阅读平台不限，以前常常是寻找"txt"下载阅读，但在起点中文网推出章评功能之后，我开始习惯在"起点"本站阅读，因为章评功能使得大量读者能对作品的每一个细节进行点评，许多读者的点评比小说本身更具魅力。

话虽如此，但纸质书依然是无可取代的。要建立一个较完整的知识体系，进行系统性的学习，很多时候必须靠纸质书来打好基础，其他多媒体的阅读因其碎片化的特性，只能起到补充作用。人们自身必须先构建起一套较完整的知识体系后，再进行碎片化的阅读，才能真正将零碎的知识补充进自身的知识体系中。

本书作者：您刚才说，在阅读方面，您是少数对"女频"

小说有着较大阅读量的"男频"作者。那么在创作方面，和其他网络作家相比，您觉得您的创作有哪些不同之处，优势在哪些方面？

阿菩：大部分网络作者基本属于靠天赋写作，在江湖历练中形成了自己的风格与能力，我与他们不一样。我在进行网络小说写作之前，已经接受了体系完整的文学理论教育，因此对于写作的所有技法，包括人物的塑造、情节的构建、环境的铺排等，都是自觉的、拥有理论指导的。

"学院派"写作的好处是架构清晰、节奏明确、能放能收、不易"崩盘"。系统的文学理论训练能够让"学院派"作者拥有前人已经拥有的各种成熟的写作技巧，但坏处也在这里：容易被固有的写作技巧所束缚。因此如何在套路与反套路、匠气与灵气之间取得平衡，就是我这些年所面临的最大问题。我个人的感觉是，如果我当年没有进入文学系，没有学习系统的文学理论，那我如今的写作灵气会更充足一些。

不同之处还表现在网络文学作品的出版上。网络文学作品因为篇幅相对较长的缘故，一般很难全部出版。我的小说除了部分超长篇之外，基本上都出版了，我在17年里出版了17部著作。这些书出版之后，销量和反响都还不错。比如，2011年出版的长篇神话小说《山海经密码》，这本小说一经出版就登上了当当网畅销书榜榜首。我在接下来的一年中，继续出版了《山海经密码2》《山海经密码3》《山海经密码4》《山海经密码5》。同年，《山海经密码》繁体版经由侯文咏等名家推荐，在中国台湾正式登陆，引发热销。2018年，《十三行》出版了，这本书入选中国小说学会2019年度小说排行榜（网络小说排行榜）、中国网络文学排行榜，获中国作家协会网络文学重点作品扶持、大湾区杯（深圳）网络文学大赛"最人气奖"，图书出版后在南国书香节举行了首发仪式。

另外，在 IP 运营方面，《山海经密码》出售了影视、动漫版权，《山海经·候人兮猗》主要是改编为动漫，《十三行》主要是改编为电视剧，现在都在制作中。

本书作者：17 年的时间出版了 17 部著作，已经是很勤奋了，但您曾说，与其他同时出道的网络作家相比，您并不是特别多产的网络作家。关于网络文学的"日更"问题，您怎么看？创作中又怎样平衡速度和质量之间的关系？

阿菩：跟我同时出道的网络作家，他们的写作量都是我的3—5 倍，作家血红现在的写作量可能有 5000 万字了，我估计这辈子都"杀"不到 2000 万字。我认为"日更"是必须的，至少在某个阶段是必须的。作为职业创作者，工作量是质量的前提与基础。没有大量积累而突兀地出现代表性作品，不能说没有这种情况，至少不是主要情况。作者一出手，其作品就惊艳时代的情况，基本上属于偶然，是天才与运气叠加的结果，对大部分作者来说，并没有借鉴意义。

我个人的写作速度比较慢，入行的前两年大概是每天写3000 字的速度，基本坚持每天创作，一年的创作量在百万字左右。后来经过网络文学的正规训练后，我的写作速度迅速提高，最高峰的时候是每小时写 4000 字，但不能持久。我一天写10000 多字的次数屈指可数，而且会感觉非常疲倦。在我还进行"日更"连载的时候，在主流网站通常是可以稳坐历史类排名前五的。

在创作中，速度和质量的关系很"薛定谔"，有时候太过追求速度会影响质量，但有时候慢工雕琢也不一定就能出好活儿。我不支持为了速度而不顾质量，但也不觉得写作就要越慢越好，不少作者的速度慢下来之后，作品质量和影响力也在同时下降。一些打着要出精品旗号的名家十几年没写出什么作品的现象也是存在的。

三、以创作促研究将是我未来努力的方向

本书作者：目前，"Z世代"的网络作家已经成为后起之秀，占据了网络文学的半壁江山。中国作家协会举办的网络文学排行榜里就专门设置了"新人榜"，您怎么看待它的设置？

阿菩：网络文学已经发展了20多年，部分强有力的老作者已经形成了固定的粉丝群与影响力，在这种情况下，新作者要与老作者在同一条起跑线竞赛，其实是不公平的。因此，设立新人榜有利于新作者冒头，也能防止榜单被"老面孔"长期垄断。

本书作者：您不怕被新人挑战？

阿菩：一点儿都不怕啊，因为我跟他们根本不在同一个竞技场。现在网络文学已经产生了明显的分野，也就是出现了业界所谓的"传统网文"，这个定义还不稳定，但的确出现了一种情况，就是有一批网络作者不再过度依靠现在的订阅和流量，而转身去关注作品本身，并从别的领域获取回报，网络只是发表作品的渠道之一。新人们很难一下子进入这个领域，他们大多数还是要冲榜、拼流量，所以大家不在同一个舞台竞争。而那个"更大的舞台"就是中国的文化文学市场，这个市场里，好书

太少。整个市场对好书处于饥渴状态，根本就没到内卷的时候。

我密切关注着同行的作品，"90后"作者"我会修空调"创作的《我有一座冒险屋》是我最近非常喜欢的一本书。这部主打"冒险志怪"的悬疑作品，横跨心理、医学、直播等领域，将专业与娱乐相融，给我带来了创作思路上的启发。我真心希望有实力的新人越多越好，最好赶紧爬到我们"头上去"，因为我不仅是一名作者，也是个读者，他们写得越好，我能读的好小说就越多。

我同时也在关注着网络文学本身的发展，比如"二次元"，但我写不来。我有一些同龄的朋友尝试着去写，但是写出来的东西非常别扭。我进行网络小说创作已经十几年了，如果说网络文学作家3—5年是一个代际的话，我们已经翻了三五代人了。新的代际，有新的作品类型、作者和读者。但是我们有自己的优势，我们的见识和经历沉积下来了，这些东西就可以拿来酿酒了。其实我们现在可以写一些现实主义的东西，写一些有可能进入文学史的东西。

本书作者：在您看来，网络文学创作的难点是什么？能否为刚入行的青年作家或者想开始进行网络文学创作的年轻人提几条建议？

阿菩：网络文学创作的难点是实现读者对自己文章的反馈。写网文最害怕的不是看到负面评价，而是没有评价。读者对我们会起到很大的鼓舞作用，"有人在看"对初涉写作的人来说，是很大的动力。只要能得到读者的反馈，就能够获得持续不断的刺激（包括物质刺激和精神刺激），然后就有写下去的内部推动力与外部推动力。对于这一点，我的感触很深，因为我在创作初期，网络上的读者反馈并不是太好，我觉得在某种意义上，读者是我的老师，给了我很多反馈，包括好的与坏的，是他们教会了我怎样创作网络小说。身为网络文学创作者，我们必须尊重读者。

刚入行的新人进行网络文学创作并不容易，我的建议是要先找准方向，寻找到合适的环境和适合自己的领域。

如何找到合适的环境？首先要进行大量的阅读，知道当下最流行的或者产生最大社会影响力的作品有哪些，然后摸到其中的发展脉络。这实际上是一个学习的过程。

如何找到适合自己的领域？第一，要寻找到自己最大的快乐点。所谓"知之者不如好之者，好之者不如乐之者"，写作是一份长期的工作，如果找不到自己的快乐点，光靠外界因素（比如稿费、名气）很难长久支撑。尤其是大部分人都不是一开始就能成功的，或者是成功了之后却会有瓶颈期，这两种情况都是写作者的"黑暗期"，如果不能在写作中找到让自己快乐的领域，那么就很难熬过这两个"黑暗期"。第二，寻找自己记忆深处的"基本盘"，也就是找到适合自己的创作类型，通常这是在青少年时期形成的。比如，一个人在青少年时期喜欢莎士比亚，那莎士比亚就会成为他的"基本盘"；另外一个人在青少年时期对金庸的作品特别有感觉，那金庸就会成为他的"基本盘"。再如，我将《山海经》《史记》《射雕英雄传》共同列为对自己影响最大的书，因为我一开始的创作并未脱离其中。所以，很多时候，我们要从这些角度出发去创作，在创作初期一旦脱离了自己所熟悉的"基本盘"，再好的作品也与自己无关了。

另外，我还有一点建议：要大胆迈出第一步并为此坚持，即便是历史题材也可去尝试。在搜索技术发达、信息高度流通、普通市民知识水平不断提高的今天，历史题材作品并非只有"学院派"能写，阻碍普通人写作的可能是对写作的过度敬畏。能有条理地说话、能给亲友讲故事，其实就具备了一定的写作能力。可以从自己的兴趣出发，一边写作一边学习，不断积累知识。

本书作者：您如何看待网络文学跟传统文学的关系？中国作家协会发布的《2022 中国网络文学蓝皮书》指出，网络文学主流化、精品化趋势更加清晰，您如何理解和看待网络文学的主流化、经典化？

阿菩：网络文学是文学介质上电子化、传播上网络化的一个必然的发展阶段，它是传统文学的继承和发展，也是所有文学形式在未来的归处。现阶段由于处在印刷体到电子网络的交接时期，因此看起来变动很大，但在未来的某一天，一定会出现文学的全面电子化，纸质的书本将像竹简、青铜器那样，成为审美的、收藏的存在，阅读与传播的主体将是电子的、网络的，这是必然趋势。在这种趋势下，网络文学将突破现有的以长篇连载小说为主体的局限，而成为包罗万象的载体。同时，因为创作方式的改变和阅读体验的改变，网络文学的审美、形式也将发生翻天覆地的变化，这种变化将和从甲骨文到竹简、从竹简到纸张之间的变化一样巨大。

"四大名著"放在今天仍是主流作品。如果粗略地将网络文学分类，可以分为历史、玄幻、都市、言情。这四个基础门类刚好与"四大名著"相对应。《红楼梦》是言情，《西游记》是玄幻，《水浒传》是都市，《三国演义》则是历史。即便当下流行小说的语言已不同以往，但其形式和内核、人物与情节的塑造等依然借鉴了这四本"开山鼻祖"。比如，在《甄嬛传》中很明显地就能看出《红楼梦》语言的影子。

网络文学在文学领域已经处于主流地位，至少是主流之一。当下，网络文学的主流化趋势日渐明显，而经典化却还很遥远。大众媒介的形成使网络文学的经典化建立了另一种生成逻辑和传承谱系。如今，我们很难否认金庸的武侠小说、J. K. 罗琳的《哈利·波特》等早已成为现代读者心中不可动摇的经典。在以往精英文化的经典观念中，经典是带有永恒性和超越性的，但是对于在现代传播媒介影响下成长起来的大众而言，经典却是在与当下大众的互动中形成的，互动性与可接受性才是现代受众对经典性作品的直观理解。

如今，网络小说的经典化远未成为一个事实，甚至还有很长的路要走，最为重要的任务就在于维护网络小说创新所必需的多元化的产业氛围。网络小说的电子存在形态注定了其永远具有一种未完成性与可修改性。而事实上，不论是中国还是西方国家，无论是古代还是当下，经典的形成其实一直伴随着漫长历史过程中的生产、接受、阅读、修改、误读、批评等阶段，所以，我们对网络小说经典化的形成既要保持一种当下性的视野，同时又要具有一种历史眼光，在此基础上形成的网络小说批评，才能够真正发挥其应有的话语效应。

本书作者：网络文学作者有上百万人，但评论者并不多，少有既进行网络文学创作，又进行网络文学研究的。您是如何平衡两者关系的？您对自己的定位又是什么？

阿菩：文学创作和文学研究之间既有促进，也有冲突。文学创作是沉浸式的，也就是我必须沉浸在自己所构建的世界中，这样才能更好地用文字展现这个世界。而文学研究必须是抽离式的，我必须抽身在外、冷眼旁观，这样才能更好地进行评价和剖析。两者一热一冷，简直是冰火两重天，所以几乎无法同时进行。我的做法是交替进行。

在这其中，我的感受是网络文学在呼唤理论引导。一方面，出自民间的网络文学作品与读者有着天然的亲近感，能够引起读者的共鸣。同时，这些作者大多是基层劳动者，对时代的进步与发展有着直观的感知，也使得作品拥有浓厚的时代气息和生活气息。另一方面，尽管网络文学中出现了一些认识深刻、艺术精湛的作品，但很多作品的理论化、体系化程度仍旧有所欠缺，对某些事物的认知常停留在感性、直观的阶段。如何面对网络文学这一现象，进一步提高作品质量，这是创作者和研究者不得不面对的问题。基于这一点，我认为对待网络文学不能因为存在部分缺陷便将其全盘否定，更为有效的办法是加强相关研究，用理论来引导创作实践，使优秀的作品不断产生，进而充分利用好这一新形式，为人民群众提供更加丰富的精神文化享受。

未来我可能再写 5—10 年的小说，然后慢慢过渡到研究和评论者的角色。小说（尤其是长篇小说）很难写到老年，但六七十岁却可以是一个研究者的巅峰。

但是话说回来，如果 2005 年我不写小说，可能就不知道那种快乐，但是我写了之后，就知道了。知道了这种快乐之后，到现在为止，没有任何一种快乐能够超越它。

本书作者：网络文学行业进入转型升级发展的新阶段，您认为网络文学需要在哪些方面实现转型升级发展？

阿菩：我认为网络文学要向两个方面同时发展：一是全产业全版权开发的发展，即自觉地将文字视为整个文化创意产业的最上游，为下游产业（影视、游戏、动漫、文旅）提供架构、情节、人物、灵感与思想源泉。二是聚焦和回归文字本身，要让读者感受到文字的魅力。没有第一点，网络文学将陷入一个比较狭隘的领域，无法发挥其影响力；没有第二点，网络文学将沦为下游文创形式的附庸。

本书作者：近两年来，国内掀起了网络文学现实题材创作的热潮，您认为这对网络文学的发展有哪些积极意义？在未来您有没有创作现实题材作品的规划？

阿菩：网络文学诞生以来，一直是偏想象性的，现实题材的作品比较缺乏，所以的确应该加大现实题材作品的创作力度，适度调整网文的类型、结构，实现浪漫题材与现实题材并重。

近期我有两个题材的作品在做准备，一个是有关新时代的创业故事，以大湾区创业者群像作为书写对象，展望"一带一路"的外拓，写的是都市商业文学。另一个是与近现代关系密切的"番批"（又名"侨批"）题材，讲近代以来福建、广东人闯南洋的故事。

未来我希望自己能更深入地书写岭南地域文化、大湾区历史文化，融入潮汕精神，用自己的键盘回馈乡土，由乡土到中国，由中国到世界，从更小的切口展开更大的写作梦想。

同时，我更希望网络文学行业能够百花齐放，一方面更加创新（新技术、新手段、新技法）；另一方面更加厚重（回归历史、回归传统、回归现实）。

本书作者：我知道您参加过中国作家协会的重点作品扶持、

排行榜评选活动，您觉得中国作家协会举办的网络文学排行榜的独特性和重要性体现在哪里？

阿菩：网络文学的各类排行榜很多，但基本分为两类：第一类是各商业网站或者媒体（比如，某报社）的排行榜。这一类排行榜的优点是作者的参与度比较高，本身自带传播力；缺点是利益指向明显，不能形成跨网站、跨媒体的超越性评价。第二类是地方省市的排行榜。这一类排行榜和前者相比，优点是可以跨网站、跨媒体进行评选，但地域性非常明显。

中国作家协会的重点作品扶持、排行榜评选活动能克服以上两种排行榜的缺点，拥有天然的超越性，既能够跨网站，同时也能够跨地域，形成全国性、全网性、全平台性的评价，其作用不可替代。

本书作者：目前，广东省乃至大湾区的整个网络文学生态如何？您作为中国作家协会全国委员会委员、广东省作家协会副主席、广东省网络作家协会主席，是如何在广东省开展网络文学工作的？

阿菩：我对大湾区的网络文学、文化产业发展持积极态度。由于文化生产具有延后性，其效果无法立竿见影，可能3—5年后，大湾区的文化成果会集中显现出来。

我的工作分为三点。一是继续构建广东省的文学组织，在省网络作家协会层面继续完善组织架构和运行体系，在地市层面继续推动其建立网络作家协会或网文协会，从而进一步健全全省的文学组织；二是联络名家，做好上传下达的工作，帮助引导优秀的网络作者朝着精品化创作的方向努力；三是发掘新人，为网络文学寻找新的力量与血液。

| 烽火戏诸侯

构建与现实相通、与读者共鸣的仙侠世界

◇ 题 记 ⋯⋯⋯⋯⋯⋯⋯⋯⋯⋯⋯⋯⋯⋯⋯⋯⋯⋯⋯⋯⋯⋯⋯⋯⋯⋯⋯⋯⋯⋯⋯◇

2021 年 12 月 15 日 21：30，中国作家协会第十次全国代表大会驻地。烽火戏诸侯、天蚕土豆、蒋胜男、柳下挥和我，五个人目不转睛地盯着同一个方向，大家沉默不语，表情不一，像是欣赏、像是寻找、像是回味、像是批判——15 分钟内无人出声。五个人盯着的是同一块电视屏幕，里面正在播出电视剧《雪中悍刀行》，这是它的首播，我们和作者在一起。

沉寂是我打破的，看了大约 20 分钟后，我实在忍不住了，问大家："节奏慢不慢呀？"几个人打开了话匣子⋯⋯

从严格意义上来说，《雪中悍刀行》是烽火戏诸侯的第一部同名作品改编的电视剧。2011 年，他开始构思和写作《雪中悍刀行》时，只有 26 岁，这部作品历时四年半完结，共计 460 余万字。十年后，由《雪中悍刀行》改编的同名电视剧在央视电视剧频道、腾讯视频同步播出，线上线下双双创出高收视率。

在这里，有小人物的江湖梦，有浓厚的人间烟火气，有令

人向往的侠气和风骨，有少年不走寻常路的可贵勇气……

在这里，江湖侠义、市井百姓、庙堂权谋、军国战争、国家制度……这么多内容被巧妙地糅合在一起。

在看首播的间隙，我们聊起了烽火戏诸侯用十年时间构建起的武侠新世界。首先聊到的是自己的敌人……

▲图1 烽火戏诸侯的作品《雪中悍刀行》

"江湖是一张珠帘。大人物小人物，是珠子，大故事小故事，是串线。情义二字，则是那些珠子的精气神。"

——《雪中悍刀行》

烽火戏诸侯

烽火戏诸侯，本名陈政华，1985 年出生，浙江杭州淳安人。中国作家协会会员，浙江省网络作家协会副主席，杭州市网络作家协会主席，第十二届全国青联委员，中国作家协会第十次全国代表大会代表。

▲ 图 2　烽火戏诸侯的作品《剑来》

代表作品有《雪中悍刀行》《剑来》《陈二狗的妖孽人生》《桃花》。网络小说《雪中悍刀行》入选中国作家协会 2016 年"中国网络小说排行榜"年榜。网络小说《剑来》入选中国作家协会 2017 年"中国网络小说排行榜"。

作家自述笔名由来

"烽火戏诸侯"这个笔名，来自我小学时喜欢的一套书——《东周列国志》，里边有个典故叫"烽火戏诸侯"。在上大二的时候，有一天我想写小说，得取个笔名，于是就有了现在这个笔名。不过当时的那套《东周列国志》配了白话文，不然对年纪还小的我来说，等于看天书了。

一、对于所有的网络文学创作者而言，都有四个敌人，而且都是生死大敌

本书作者：为什么说读者是敌人，如何理解？

烽火戏诸侯：任何一部文学作品的创作动机，都是作者想要跟这个现实世界好好聊一聊，而最大的聆听者就是读者。不得不承认，相较于传统文学作品，网络小说的阅读门槛更低，而这就带来了巨大的先天优势以及风险，因为我们拥有堪称海量的读者，而这些数量巨大的读者会对作品的某个章节甚至是单个人物进行评论，订阅成绩、口碑的起伏对于作者而言，当

然会产生一种巨大的冲击力，这就是一场心性上的拔河比赛。

本书作者：读者的看法，一定重要吗？

烽火戏诸侯：当然很重要。

本书作者：但是读者的看法，就一定正确吗？

烽火戏诸侯：我看未必。既要带给读者源源不断的新鲜感，给他们带来一连串奇思妙想，又要敢于让读者觉得不适应、不舒服。既要在细枝末节上虚心接纳读者的批评和建议，也要在主线情节上教读者如何看书，而不是被读者教写书。任何一个敌不过读者的作者，一旦在创作生涯的某个时刻决定彻底向读者妥协、认输，从那一刻起，这个作者的创作生涯也就开始走下坡路了。

本书作者：为什么有些长篇小说到了中后期口碑就开始下滑？

烽火戏诸侯：并不一定是作品质量真的下降了，而是读者的审美不可避免地出现了疲惫。这几乎是一种强大的、作者和读者都不可抗拒的阅读惯性。比如，一部开头可以打 8 分的作品，到了中期还是 8 分的水准，可能读者突然觉得，这部作品至多只有 7 分，甚至只是刚刚及格的 6 分，追读、追更的欲望不断减少。这是因为读者已经习惯了作品之前的水准和节奏，他们要追求更好的阅读体验、更多的新鲜感，作者给不了，就会被读者扣分，订阅量会下降，口碑会下滑，一不小心就落得整部作品"崩盘"的下场。

本书作者：所以，在您看来，长篇小说的写作永远是逆水行舟，不进则退？

烽火戏诸侯：是的。一个套路化写作的作者习惯待在舒适区，他用相对娴熟的写作技巧敷衍自己和应付读者，作品就成了一个人老珠黄的"黄脸婆"，故而很容易在后期与读者从"相爱"变为"相杀"。作者懒，那就别怪读者挑剔。我一直有个观点：你是不是知名网络作家，就看读者是否认可你的笔名；你有没有写出一本书，就看作品完成5—10年后，还有没有大量读者在讨论它。

本书作者：同行是敌人，很多行业都有此论断。这在网络文学行业或者文学界有何不同？

烽火戏诸侯：比如，小说流派的开山鼻祖肯定只有一个。就像李白写"举头望明月"，杜甫写"城春草木深"一样，好像也就那样，一点儿也不稀奇。问题在于人家先写了，后人就只能干瞪眼，纵然你才情再高、文采斐然，要么模仿，依葫芦画瓢；要么绕路，去另立门户，别开生面。而最实在的一种同行竞争，无非就是对于读者的争夺。几乎每种类型小说，读者数量大致是固定的，谁能"时来天地皆同力"？一旁的同类型写手只能进行"大道之争"。相信一些相对冷门、小众题材的顶尖写手对此感触最深。

本书作者：怎么办？

烽火戏诸侯：其实就是一句话：天下同行是吾师，取长补短，化为己用。对于同行优秀作品的长处，不但要虚心接受，而且还要高看一眼。而对于同行作品的缺点和短板，就要引以为戒，尽量避开。

本书作者：第三个敌人是市场和资本？

烽火戏诸侯：是，对于头部知名网络作家来说，或多或少都吃过一些IP的红利，包括纸质书、影视改编、游戏动漫、有声小说、广播剧等。我们会离开书斋和键盘，去与各种各样的资本方和市场打交道。在这期间，我们会获利、会踩坑，可能会被由衷地敬称为"作家""某某老师"，也可能会被当作傻子。我们需要清楚地知道资本和市场的那些基本规律，尊重之余，还要充满警惕。要知足，以及知不足。

本书作者：何为知足？

烽火戏诸侯：所谓知足，就是我们当然可以通过 IP 获利，来证明一部作品的价值。但是，我们必须得有这样一种清醒的认知："码字"是为了更好地生活，但是生活里不能只有"码字"。文学创作可以挣钱，但是一部文学作品的真正不朽，永远是在经济利益之外的，是在无数读者的精神世界，宛如响起杏花叫卖声，好像掀起阵阵惊涛骇浪，是"小小情事，凄婉欲绝"，也是"鸟花猿子，纷纷荡漾"，更是"天青月白，出门横江一笑"。

本书作者：何为知不足？

烽火戏诸侯：所谓知不足，是要知道作为作者，我们能在一部部小说的虚拟世界里称王，能够获得无数读者的称赞和认可，可是隔行如隔山，在资本领域和市场运营上，我们一定要慎重、再慎重。过于频繁的饭局应酬、资本运营、立"人设"，都不可取，我们务必小心、再小心。因为过多的应酬最能消磨一个作者的精气神，而资本永远是充满陷阱、急功近利、与文学本身气质相悖的，一切与作品无关的刻意"人设"，注定会崩塌，一旦创作者的重心不在内容本身，从长远来看只会得不偿失，所有的捷径都是绕远路，而且没有回头路可走。可这并不意味着我们就是一群常年躲在书房、远离现实社会的写作者，如果只是在自己的书斋里闭门造车，"两耳不闻窗外事，一心只是敲键盘"，那么想要出精品，无异于磨砖成镜。

本书作者：怎么平衡？

烽火戏诸侯：这当然需要我们做出一定的利益取舍，需要我们做好时间管理。更多的生活阅历有助于我们理解这个世界，以及对复杂的人心、人性进行解构，从而反哺作品的广度和深度。我们最终要让资本方发自肺腑地对自己的作品生出敬意，舍不得浪费这个优秀的 IP，必须竭尽全力地运作，而不是做一锤子买卖，消耗作者的人气和作品自带的流量。

本书作者：最后一个敌人是网络作家自己？

烽火戏诸侯：对，网络作家自己是最大的、最根本的敌人。其实不单是网络作家，所有文学创作者的每一部作品的最大敌人，就是自己的上一部作品，或者是自己之前的所有作品，所以归根结底，最大的敌人还是我们自己。当初我花了四年半时间，好不容易写完了《雪中悍刀行》。在给《剑来》写大纲的时候，我对这本新书只有两个要求：第一个要求，就是要构建一个完整的、有逻辑的仙侠世界。小说写的明明是一个虚构的世界，但它里面所有的悲欢离合一定是与现实相通的，要让读者产生一系列共鸣，代入感不输一本现实题材作品。第二个要求，就是三个字——"不一样"。不但要跟《雪中悍刀行》不一样，还要跟我之前所有的小说不一样，跟所有同类型的网络文学作品不一样，甚至在整个网络文学史上是独一份的。我可以接受读者觉得《剑来》有各种各样的问题和瑕疵，但是绝对不接受读者觉得《剑来》是一部"就那样"的作品，坏也坏不到哪里去，好也好不到哪里去。一本《剑来》，绝不可以被某部作品替代。

本书作者：一定要创作出精品力作？

烽火戏诸侯：每个时代、每个阶段都需要精品。一部作品，如果没有让作者坐在书桌旁流泪，也没有让读者为其中的某个情节、某个人物流泪，那么这部作品就一定是不成功的。即便作者凭借一本小说获得了可观甚至是巨大的经济利益，但我相信，任何一个对文字充满热爱、执着和敬畏的作者，都会感到一种莫大的遗憾和失落。因为我的文字和言语并未像一颗颗钉子一样，狠狠钉入读者的内心世界。时代永远不会抛弃任何一位文学创作者，只有作者产生了惰性，不思进取，在舒适区、功劳簿上兜兜转转，才会使得自己主动抛弃了时代。乐观假设一下，网络文学的发展趋势是上升的，优秀的作品就是我们走入文学殿堂的通行证。如果网络文学已经进入了瓶颈期，遇到了关隘，那么优秀的作品就是开山斧。悲观假设一下，网络文学当下已经达到了巅峰，那么我们更应该居安思危，优秀的作品就是救命符。

二、我们敬畏一切被时间检验过的经典文学名著

本书作者：看什么书、怎么看书，是一门学问？

烽火戏诸侯：是一门大学问。很多作者，哪怕是头部知名网络作家，自己的一本书红了，虽然书都写完了，但他还是不知道自己到底是怎么红的，只是自以为是地认为已经抓住了写作的脉络和读者的心思，其实根本不是这么回事。然后写下一本书的时候，他意气风发，雄心勃勃，结果失败了，也还是不

知道为什么会失败。这种情况就叫"我们都会写书，但是我们未必会看书"。

本书作者：如何解决这个问题？

烽火戏诸侯：当然是有办法的，朋友之间聚会的时候，少聊房子、股票，少喝酒、打牌，多聊小说，重新把文学、理想捡起来。看待同行的小说，需要具有不一样的眼光和角度，要知道自己是作者，而不是一个纯粹的读者。看其他作者的小说时，一定要经常提醒自己作者的身份，这跟读者看网络小说是截然不同的两种概念。

本书作者：他山之石，可以攻玉。

烽火戏诸侯：要写好书，尤其是想要一直写出好的作品，就一定绕不开"看书"。我们需要大量的并且必须是有效的阅读，要学会拆解，将各种经典名著一一提炼，拆解为章节、段落、语句和字眼；要做摘抄、旁白批注；要先将一本书读厚，再将一本书读薄，最终剩下的就全部成了自己的文学底蕴。我一直认为，除了大量阅读侧重故事性的网络小说之外，在这之前，尤其是写新书之前，必须进行大量目的明确，甚至可以说是功利化的传统文学阅读。比如，你要着手创作一本仙侠作品时，不先看三五十本类似《世说新语》《阅微草堂笔记》《酉阳杂俎》《老残游记》的传统文学作品，不先看两三百篇唐宋小说、明清笔记小说，何来的勇气下笔、敲键盘？何来的信心让自己写得有趣、读者看得新鲜？对待日复一日、年复一年的具体创作，我们既要卑微到泥土里，因为这是我们愿意交付十年、数十年乃至大半辈子的事业；又要心比天高，因为我们拥有无比悠久的传统文化，我们始终是整个世界文学当中最富有的

"世家子弟"。

本书作者：传统文学是宝库。

烽火戏诸侯：网络文学不可以妄自尊大，我们应当由衷尊敬，并且不畏惧和疏远传统文学，尤其是浩瀚无垠的中国传统文化，就像一座取之不尽、用之不竭的文学金山。所以，在文学创作领域，每个作者都是当之无愧的"豪门子弟""富 N 代"。老祖宗给我们留下了一笔巨大的财富，这就是典型的老天爷赏饭吃；在这之外，我们还有那么多的作家前辈，这属于祖师爷赏饭吃。每一个网文作者都应该入山寻宝、得宝而归，甚至还可以通过自己的作品积土成山，创造未来文学道路上的一座座宝山（当然，我们接受一切善意的、对我们寄予希望的批评，哪怕批评得极其辛辣，我们都欢迎。我们唯独不接受不入流的传统文学写手说着一流作家才有资格说的话）。传统文学创作在很大程度上是一种极其孤独的"自证"，是个体对这个世界的一种喃喃自语，是内心世界关起门来的一场自我修行。但是网络文学写作却是一种极其新颖、特殊甚至是热闹喧嚣的"他证"，因为任何一位读者都可以对你的作品指手画脚——建议、批评、赞美、谩骂，可正是如此，才需要我们拥有强大的内心世界，这样才能心立得定、脚站得稳。传统作家极难去写狭义的网络文学作品，但是网文作者只要愿意付诸努力，就可以无限接近纯文学文本质量。所以，我们敬畏一切被时间检验过的经典文学名著，我们非但不排斥，反而要不断走近、打破网络文学和传统文学之间的那道藩篱。我们的作品要与那些已经在文学星空熠熠生辉的作品交相辉映，我们要在文学的祖师堂之内，与先贤们并肩而立。每一部优秀的网络文学作品，都能为文脉续香火。

本书作者：您是如何看书的？尤其是阅读小说？

烽火戏诸侯：小说作为与诗歌、散文和戏剧并列的四大文体之一，其地位不可谓不煊赫，可如今网络文学的地位却略显尴尬。小说家既被东汉班固列入"诸子十家"，却又立即被排除"可观"之列。小说既被视为"小道"，是街谈巷语、道听途说，早期其形体一直是不成气候的"短书"和"丛残小语"，"无以致远"。但与此同时，小说的生命力之旺盛，影响之广泛，堪称蔚为大观，恰似野草，春风吹又生，年年有春风野草，题材之众多，令人叹为观止。历代小说家用笔墨写尽大千世界的光怪陆离。唐宋传奇，明清话本，文人笔记，江湖演义，传奇公案，烟粉狐怪，幽婚神异，游仙会真……在署名柳宗元的志怪小说《龙城录》中，有一篇《赵师雄醉憩梅花下》，几百字而已，就把一个故事写得极曲折且美。我们的一部长篇小说要是能有几个、几十个类似的章节，能够向这个水准靠拢几分，怎么可能不被读者惊为天人，心心念念？而牛僧孺，也就是唐朝历史上"牛李之争"的主角之一，他就有一部《玄怪录》。其实在中国历史上，多有这样位列公卿的达官显贵亲自撰写小说集，不单是蒲松龄这样的落魄书生"卖文挣钱"。比如，婉约派词宗温庭筠有一篇《窦乂》，我们根本无法想象温庭筠竟然会详细描绘一个少年发迹的商业故事。如果谁看过段成式的那篇《叶限》，就一定会震惊其文本内容，因为欧洲的《灰姑娘》《渔夫和金鱼的故事》仿佛是对《叶限》的借鉴。《柳毅传》开篇写主角龙女牧羊于道旁，先写一句"毅怪视之，乃殊色也"，再接一句"然而蛾脸不舒，巾袖无光"。先写女子殊色，相貌动人，很快再写男主角，更多是察觉到女子的衣衫褴褛、神色悲戚，如此一来，牧羊龙女之姿容，柳毅之正人君子，一下子就都变得立体了。这其实就是分寸感，是一种炉火纯青的文学表述。网络小说的篇幅越长，越需要雕琢出类似精巧、细腻的文字。有了这样的文字，我们的作品就会变得"不一样"，就会有留白和余味，一下子就可以让读者过目难忘。而这种"细节"，这种文学创作上的"武学秘籍"，但凡我们愿意翻书、仔细阅读，就会发现它们成百上千、不计其数，就像一座座金山，无人看守，任由后人寻幽访胜，遍地是宝。

三、真正的强者能够对这个世界，尤其是 对他人的精神世界产生重大的影响，我们作者就是这样的

本书作者：您本身也是第十二届全国青联委员，能否给"90 后""95 后"，甚至是"Z 世代"的网络作家提一些创作建议？

烽火戏诸侯：中国作家协会举办网络文学青年创作骨干培训班，在中国网络文学影响力榜里专门设置"新人榜"，给出政策引导，大力扶持那些暂时没有名气的新人作者。我觉得这些做法真的是富有远见，因为新人就是网络文学的未来和可能性，使得网络文学不断补充新鲜血液。在创作方面，我个人提几点极其自我的写作经验吧。

一是单章。我们要追求"单章无敌"的境界。一部小说归根结底是由几百个、上千个单章组成的，如果单章的完成度高，整部小说的完成度就高。单章无敌——约等于全书无敌——只

是"约等于"。

二是纠错。长篇小说有一个很重要的特点，就是它可以在创作过程中不断纠错，许多原本的错误和纰漏，在中后期弥补得当，甚至可以成为一部小说收官阶段的"神仙手"。

三是高潮情节。每一个高潮情节都是不可或缺的，但同时它们也是潜在的大麻烦。高潮情节是对一个稳定框架的破坏。读者看得越爽、越痛快，作者独自收拾"烂摊子"就越困难。所以在我看来，每一个所谓的大高潮情节都是整部小说的潜在大敌，其造成的伤害近乎致命。因为写小说有一个潜在的关键点，就是逻辑。写小说，是一件最讲求逻辑的事情，但是一般情况下，所谓的高潮情节就是不讲逻辑。我一直坚信，文学创作是充满浪漫色彩的，但是瑰丽画卷的底色却是缜密的逻辑，在这样的逻辑中如何设置高潮情节是对作者的考验。

四是评论。我建议每个作者，尤其是年轻作者，最好能够看完每一条读者评论。这一点重要，很重要，极其重要。

五是距离感。作者与自己的作品是要有距离感的。作者是在俯瞰整个世界，要用一种理性、理智甚至是冷冰冰的思维方式看待写作。只有到了某个关键点，作者才会全身心投入其中，带着强烈的感情写出一句话、某个道理、某个情节。如此一来，作品才能真正打动自己，继而打动读者。

六是立意。立意就是你写这部小说到底想要表达什么，或者换个说法，就是你作为一个虚幻世界的缔造者、构建者，想要与真实的世界说些什么。我们既然会花一两年甚至更长的时间去构思情节、人物，那么在写书之前，可能只需要花两三天时间去好好思考，自己写一部动辄两三百万字的长篇作品，到底是要表达什么观点。

　　前程山水茫茫，但是未来一定可期。我相信自己与更多的年轻作者一样，通过键盘一字一句敲打出来的心血，以及那些真诚地呈现在纸上的文字，尽管它们选择与我们一同沉默不语，却会比雷鸣声更能震撼人心。除了能够拿出成绩很好的作品，在这个全民阅读的时代，我更希望出现一大批能够放入中国网络文学史，甚至是整个文学史的经典作品。因为我一向坚信，真正的强者能够对这个世界，尤其是对他人的精神世界产生重大的影响，我们作者就是这样的。

四、《雪中悍刀行》AIGC 受到海外 "Z 世代" 的欢迎

　　本书作者：网络文学是中华文化 "走出去" 的一张靓丽名片。经过 20 多年的发展，其海外传播力、影响力不断增强，累计输出作品达 16000 余部，海外活跃用户超过 1.5 亿人，80% 为 "Z 世代" 读者。为推动网络文学国际传播，向世界讲好中国故事，中国作家协会把国外 "Z 世代" 作为聚焦点和突破口。2023 年，中国作家协会网络文学中心开展 "中国网络文学国际传播项目"，首期遴选出 4 部作品，按照不同国家和地区受众的接受习惯，分别进行了改编、缩写；使用 4 个语种，即英语、缅甸语、波斯语、斯瓦希里语；按照 4 种方式，即在线阅读、广播剧、短视频、推广片，向全球进行推介。您所著的《雪中悍刀行》就是 4 部作品之一。您在塑造《雪中悍刀行》里那一个个鲜活而复杂的人物时，有着怎样的考量？会把自己带入角色中吗？

烽火戏诸侯：我觉得写作时，作者一定要和他的文本内容拉开距离。所以，很多时候，我作为一个作者，是不会把太多的情感倾注到某个角色或者某些情节上的。我只会在一些特别关键的地方投入全部的情感。

本书作者："江湖是一张珠帘。大人物小人物，是珠子，大故事小故事，是串线。情义二字，则是那些珠子的精气神。"这是您在《雪中悍刀行》的扉页写下的一段话。您在书里蕴藏着什么样的特殊感情和寄托吗？

烽火戏诸侯：我写《雪中悍刀行》有一个初衷，原文里面也写了这样一句话：我们这个时代终究会面对一些困难，或面对一些事情，在那个时候终究会有一些人，他们会选择站在关键的节点上，特别地义无反顾。不说我自己能不能做到，甚至我也不去批评那些做不到的人，但是我会特别尊敬那些能够做得到的人。他们在一个时代、一个节点的选择上，毅然决然地站在那个位置上，我特别尊敬这样的角色。我是一个小小的文字工作者，一个写小说的人，我特别希望这样的角色能够出现在我的作品当中。

本书作者：在您创作《雪中悍刀行》这部作品时，受到哪部作品的影响最深，能从互文性的角度探讨一下您的创作吗？

烽火戏诸侯：我个人从小就喜欢阅读，学术的和专业的书都看，有时候感觉把它们放在一起看特别有意思。至于说我有没有特别受到哪一部作品的影响，我觉得应该是没有。可能对我个人来说，写作是一件吃百家饭、偷百家拳的事情。

本书作者：我听说您每年要读上百本书？完成这么大的阅读量，有什么诀窍吗？

烽火戏诸侯：我有两种读书的方法，第一种方法是先把书读厚，再把书读薄。我说的是"读书"，而不是只"翻书"。只翻书不动笔就不能算作真正意义上的读书。我有在书上圈圈画画的习惯。比如，某个生僻字，某个未曾见过的词汇，某个让你眼前一亮的语句，某段让你觉得特别美的描写，都可以圈画起来。这就像是"占山为王"，像是在对它们宣告：以后你们就是我的了。我还会在书的空白处留下自己的读后感。书上有了不同笔迹、不同阶段的心得，就变厚了。接下来，就要吸收书中的知识，开始把一本书读薄，一合上书，要能对自己说：我已经读透读懂了这本书的宗旨立意。这就算是真正读完一本书了。

还有第二种读书方法，我把它比喻为"走亲戚"，在书中"走门串户"。假如你最近阅读的两本书都提到了同一个人或同一本书，你就可以记下来，然后去购买与那个人或那本书相关的著作。顺藤摸瓜，一路摸下去，你就拥有了一个宝库。这种阅读方法会让一个人的阅读半径越来越大，知识结构也会越来越稳重、厚实。

本书作者：《雪中悍刀行》里的武功招数描写得相当精致，比如，老剑神征服红甲人、大雨中凝聚水滴挥雨剑。西方的小说里就少有如武侠小说里这般动作的描写，反而比较注重情节的前因后果。您认为造成这种差异的根本原因是什么？

烽火戏诸侯：西方的小说，尤其是在近现代创作的作品，特别注重逻辑，我们的作品可能相对感性一些。当然，这不是说我们没有理性，我们还是有很多理性框架的，只不过东西方的差异确实比较大。东方的很多审美习惯会要求我们在文学创作中提供很多有画面感的东西，这个可能是我们的一个特点。

本书作者：的确，《雪中悍刀行》的文本里有很多武术招数和武打动作，非常吸引人，一抬手、一挥剑，阅读的时候很有画面感。

烽火戏诸侯：我会给自己定一个目标，在进行文字创作的时候，必须要同时完成导演、编剧、摄影师的工作。

本书作者：《雪中悍刀行》里的武功体系非常丰富而独特，有着各种各样的奇门异术和神秘法宝，这些奇思妙想来源于哪里？

烽火戏诸侯：阅读，大量的阅读。我一向坚信，每一个优秀的写作者，都是最聪明的阅读者。阅读分两种，一种是书，书又分两种——传统文学作品、网络小说；另一种阅读是生活，我们每次出去社交，都能够观察到这个世界上很多不一样的东西。大量的阅读或者是有效率的阅读，不管是书籍还是生活，给了我很多的灵感，但好记性不如烂笔头，我会做大量的书摘。我举个简单的例子，当你有 100 个或者 1000 个现成的例子在脑海中，或者在笔记本上的时候，然后你碰到某一个灵光乍现的"点"，一下子就可以有很多具象化的东西去填补它，你的想象力不会空白。

本书作者：您又是怎么设计和创造《雪中悍刀行》里的这些武功的？您在设定招数时，是先设定人物招数，让故事情节配合人物招数，还是另有独特的过程呢？

烽火戏诸侯：单说武学、武术，就要去阅读大量的专业书籍。比如，民国时期的很多武学家写了一些拳谱，以及关于刀、剑等各种兵器的流传史，等你都搞明白之后，再来写一部武侠小说，这就会让读者觉得你在传达一些史料。在小说创作当中，招数处于最不重要、最末端的位置。我创作小说时，最早考虑的是行文的立意、人物情节的一些冲突。招数是锦上添花的，而不是雪中送炭的。

本书作者：《雪中悍刀行》的结局给读者留下了很多想象空间，让读者对徐凤年、姜泥、红薯等人物的命运感到好奇和期待。您是如何设计这样一个开放式结局的？您对这些人物未来有什么设想或打算吗？

烽火戏诸侯：我其实是给《雪中悍刀行》写过一个小小的番外的，大概20万字，但是后面也没有继续创作下去。就像我在《雪中悍刀行》中写过一句话，大致意思是说，每一个读者，当他看文学作品结尾的时候，会带着很多遗憾，这也是没有办法的事情。我有很多读者，他们会带着很多疑惑，比如，徐凤年为什么不当皇帝？他们有类似这样的很多巨大的疑惑。我觉得就像刚才问题所提的，它是一个开放式的结局。起码就我个人而言，对《雪中悍刀行》这个收尾还算比较满意，不能把结局写得太死板了。

本书作者：您在2011年开始构思和写作《雪中悍刀行》时，只有26岁，历时四年半完结，共创作了460余万字，可见您对待创作的认真与执着。

烽火戏诸侯：一个时代有一个时代的文学，放在我们个人身上来看，作者在每个阶段都有自己的作品。不是说现在我的写作技巧成熟了、阅历增加了，就能写出《雪中悍刀行》——写不出来了。《雪中悍刀行》永远是烽火戏诸侯在26岁的时候开始写的一部作品，它有很多不成熟的地方，但是它的很多精神气是 35 岁以后的烽火戏诸侯完全写不出来的。

本书作者：四年多的时间，营造一个"雪中"的世界。这部作品的叙事结构非常精妙，它采用了多线并进的方式，将不同的人物和事件交织在一起，形成了一个庞大而丰富的世界观。

烽火戏诸侯：我希望构建一个有序、合理的仙侠世界，这需要花费极多笔墨去描述许多小人物的悲欢离合，去铺垫很多仙侠世界体系里不可或缺的基础环节。我越写到后边，就越会发现逻辑太重要了。对于写作而言，"逻辑"两个字很容易决定一部作品甚至一个作者的最终高度。人物举动的合情合理，故事的自圆其说，世界观的自洽，都在逻辑的范畴里。一个人的文笔可以通过阅读来改善，但是逻辑如果出现根本性缺陷，基本上就是致命的短板。一个好的逻辑框架，是可以帮助一个人俯瞰整个现实世界的，会让人更加理性，在这个前提下，再保持一点儿真诚和善意，就很好了。

本书作者：我特别想知道，您每天创作的时候状态是什么样的？是痛苦的还是快乐的？

烽火戏诸侯：创作本身是一件比较幸福的事情，当一个作者能够写出东西的时候，他肯定是愉悦的。疲惫最多只是生理上的，但是作者的整个心理状况肯定是特别舒服、特别自由的。真正让人难受的是，你想要创作，但是写不出东西来，对吧？

本书作者："卡文"了？

烽火戏诸侯：对，那个时候才是最难受、最痛苦的。如果网络作家坐在电脑前，能够一直敲打键盘，把文字写出来，那个时候他们绝大多数是谈不上疲惫的。除非陷入瓶颈当中，那时可能是相对比较焦躁的状态。

本书作者：江湖、庙堂、战争，佛道儒三教，爱情、友情、家国情，出世的信仰、入世的情怀，一部虚构的仙侠作品，如何走入现实世界？

烽火戏诸侯：我始终觉得，一部虚构的文学作品，它的气质其实是与现实世界相通的。文学中有三条无形的线，是网络文学最重要的要素：文学性、故事性和"三观"。文学性的位置最高，它决定着一部作品的最终高度；故事性次之，决定了作品能够获得多少读者；而最基础的就是作品的"三观"。一部好的文学作品是有批判性的，对社会黑暗揭露得既深又远。可如果文学作品只是批判现实、揭露黑暗，连作者自己都止步于此，那么读者自然很难看到更多的希望。千年暗室，一灯即明。哪怕书中所呈现的世界再昏暗、再苦难，但是道路的尽头，一定要让读者看到曙光，并因此对现实生活生出希望。作者通过文字，尽最大努力尝试着告诉读者如何与这个世界融洽相处，最重要的还是我们如何去一步步地改变世界。我希望每个读者都坚信一点：我们都应该成为强者，都应该为这个世界做点儿什么。

本书作者：《雪中悍刀行》改编的同名电视剧在国内热播之时，也传播到了日本、新加坡、韩国、越南等国家。2023年，中国作家协会网络文学中心实施"网络文学国际传播项目"，把《雪中悍刀行》翻译成英语，通过在线阅读、有声剧、视频推介等多种形态的国际传播方式将其推向了英语世界。

烽火戏诸侯：在《网文中国》视频节目里，我与美国的翻译进行了对话，我发现他真的很着迷于中国的仙侠武侠小说。他和我讨论《雪中悍刀行》的主角徐凤年，说主角既是北椋王府的世子，又是大秦王朝的皇帝转世；他既有英雄气概和侠义情怀，又有孤独和不安的内心；他在江湖上结交了各种各样的朋友，在武林中展现了各种各样的武功和智慧。

本书作者：从这个主人公身上，我们都看到了侠客情结。

烽火戏诸侯：《雪中悍刀行》是一部武侠小说，若说侠客气质，作为主角的徐凤年在小说里反而是一个特别没有江湖气、不自由的角色，他远远比不上老剑神李淳罡和桃花剑神邓太阿，甚至有可能比不上曹长卿。所以说，在某种程度上，徐凤年身上的侠客气质其实是相对薄弱的，这是一个特别矛盾的地方，但又是《雪中悍刀行》中一个特别有意思的地方。

本书作者：我记得当时在视频节目《网文中国》里，您与《雪中悍刀行》的英文翻译进行对话。他觉得徐凤年这个人物非常有魅力，但同时对于翻译来说，他觉得这也是一个非常有挑战性的工作。

烽火戏诸侯：在翻译徐凤年的对话和内心活动时，译者说，他需要尽量保持徐凤年的语言风格和思维方式，同时也要考虑到英文读者的习惯和喜好。我希望通过英文译者的翻译，能够让英语世界的读者对徐凤年这个人物有一个全面而深刻的印象，也能够感受到他的魅力和情感。

本书作者：而且在这部作品中，有很多中国的成语、俗语，比如：男子而立之年，身高九尺，相貌雄毅，面如冠玉、玉树临风，常年眯眼，昏昏欲睡一般。在不同的文化背景下，您觉得这部作品中哪些内容会成为翻译难点？您是否曾经担心翻译后的作品失色？

烽火戏诸侯：对于翻译界的工作者来说，他们曾经不是也觉得诗歌几乎是无法翻译的，对吧？你看《雪中悍刀行》，它是一部特别讲究中国传统文化的作品，既偏武侠风格，又带着仙侠和玄幻风格。当它被翻译的时候，这个难度是可想而知的。

本书作者：成语、俗语等特有语言，是中国文化的一种重要的表现形式，它们往往富有哲理和寓意，也往往具有韵律和美感。您这部作品的语言运用非常精彩，它既有诗意和韵味，又有幽默和机智。您善于用比喻和拟人等修辞手法来描写人物与场景，让读者能够形象地感受到故事的氛围和情感。

烽火戏诸侯：但是，这些语言在英文中并没有对应的词汇或者表达方式，我当时也问过翻译，在翻译此类章节或话语时，怎么做才能不失原著的色彩？怎么做才能让英语国家的读者理解原著的本意？他说，在具体的翻译过程中，并没有一个固定的规则或者标准，而是根据具体的语境和效果来灵活地选择与调整。

本书作者：您在每一章的开头都会用一段诗词或者历史典故来引出主题，然后在每一章的结尾都会用一句话来点明重点或者留下悬念。这样的安排让读者在阅读过程中既能够感受到文化底蕴和厚重的历史，又能够对故事保持兴趣和期待。

烽火戏诸侯：我写《雪中悍刀行》的时候，特别敢写，敢跟古人借学问，简直就是变着花样来增加翻译的难度。我当然非常期望《雪中悍刀行》能够在海外特别是英语市场有一个好的表现，但是同时我也觉得这件事的难度很大，好在经过多次对话，加上集中改稿，我与翻译有了很多心理默契。翻译在尊重原著作者和英文读者的前提下，尽量做到了"信、达、雅"，既忠于原著的内容和风格，又符合英文的语法和习惯，还体现了英文的音韵和美感。

本书作者：您在创作《雪中悍刀行》这部作品的时候，思考过如何吸引外国读者吗？是否想到作品会在日后"出海"，进行国际化传播呢？

烽火戏诸侯：我没有想过自己的作品会走出国门。这是一件太遥远的事情，只能说在一次采访的过程当中，我提了一下这个事情。其实，中国很多"80后""90后"在看类似《指环王》这种奇幻作品的时候，还是会受到一些震撼的。作为一个文字工作者，我还是很希望自己的作品以后能够传播到西方，让东方文化给予西方一种震撼。

本书作者：英文翻译评价说，从作品本身来看，他认为作者的文化积淀很厚。书中有一些佛家、道家的术语禅理，可见作者涉猎之广；书中有一些纷繁复杂的武功招数套路，可见作者积累之多；还有那些大秦皇帝、当代帝王、前世仙人、后世英雄，变来变去，可见作者想象之奇。

烽火戏诸侯：希望国外的读者能够喜欢一部纯正的东方武侠小说所塑造的世界，希望他们喜欢这里面的很多行为逻辑、世界观，希望他们喜欢里面的各种谜团。很多东方的文化对于他们来说，可能会比较神秘，他们有没有可能去解谜，我比较期待。

本书作者：在国内，《雪中悍刀行》有很多书粉，改编的同名电视剧的收视率也很高。当时您刚好参加中国作家协会第十次全国代表大会，咱们在驻地一起看了《雪中悍刀行》的首播。播出之后，有的原著粉觉得电视剧的改编少了一些原著的气韵。

烽火戏诸侯：《雪中悍刀行》电视剧之所以让很多原著粉不满，我觉得至少有一半责任在我。其实当时改编方还是很希望我能够深度参与剧本的改编，但是我觉得编剧已经在进行二次创作了，隔行如隔山，我也不觉得自己的意见就一定是正确的。而且最关键的是，当时我没有提供给制作方一个很完整的《雪中悍刀行》的世界观。如果说这些东西能够早点儿给制作方，可能《雪中悍刀行》会拍得很有感觉。很多原著粉对《雪中悍刀行》电视剧不太满意的一点，是电视剧和原著在精气神方面确实有不小的偏差。所以，《雪中悍刀行》电视剧的第二季我会参与得更多，让它更加有感觉。

本书作者：对网友的评价，您是什么态度？

烽火戏诸侯：我觉得不管是批评还是赞扬，都要尊重他们的各种回馈。

本书作者：在推动《雪中悍刀行》"出海"方面，我们把《雪中悍刀行》按照美剧的风格进行了文本改编；由 8 位专业英语配音演员和 1 名配音导演合作，完成了配音流程；并且使用了最新的 AIGC（生成式人工智能）技术生成图片，再转化为视频内容上传到海外视频平台，以动画的方式呈现给海外观众。您觉得文字阅读与改编剧、有声剧相比，哪种形式更能表现出小说的魅力？

烽火戏诸侯：文字虽然只是文字，但是它能够给予所有读者最多的想象力和最大的可能性。就是说，作者写出一个 10 分的文本内容的时候，读者完全可以有 50 分甚至 100 分的想象力，对吧？想象力和可能性会更多。有声书、影视剧、动漫可以把文本变成可视听的内容，其画面会有更多的冲击力，声音会更有穿透力，但是这也会缩小受众的想象空间。这也是很多原著粉对于小说改编不是那么满意的一个重要原因——它压缩了读者的想象力。但是，我们也不得不承认，所有优秀的音视频化改编是可以帮助作者扩大作品影响力的。同时，也能够把一部分观众、听众重新带入文本世界中。

本书作者：我们先在 Meta、Youtube 等国内外社交媒体发布《雪中悍刀行》英语视频宣传片，然后在 2023 年底上线《雪中悍刀行》149 集英文有声书，上线仅三周，《雪中悍刀行》在 Youtube、TikTok、Shorts 等平台的浏览量为 532.6 万次。随后，《雪中悍刀行》上线 CGTN Radio、苹果、谷歌、声田、Castbox、iHeartRadio、Pandora、Audible 等主流的有声书、播客和音乐流媒体平台，传播效果非常好。您怎么看待海外受众的评论？

烽火戏诸侯：不管是翻译的文字，还是有声 AIGC、视频，我特别希望国外的读者、听众、观众能够接受并喜欢《雪中悍刀行》。我启动项目的时候，甚至在改稿的时候，都不敢抱有太高的期望值，毕竟跨文化传播还是挺难的，尤其是向西方传播。但从目前的传播效果来看，的确出乎我的意料，也证明了中华优秀传统文化对海外确实有着极大的吸引力。

读书和写书是个"轮回"

题 记

翻看朋友圈，血红说自己瘦了。2022年底，我给血红发信息，询问近况如何。他说自己瘦了40多斤。我很诧异，以前血红虽然比较"圆润"，但瘦那么多的确有点儿不寻常。关切之下，我得知血红前段时间大病一场，住院半个月。他说，身边"病友"的生离死别、悲欢离合让他有了很多感悟，有了一些比较深的思索。确切地说，就是对于生命更加敬畏；对于自己的创作和人生更加充满热情；对于一些平日里没有想过、不愿去想的问题，有了比较通透的想法。于自己而言，以后会变得更加积极、更加勤勉，会用更强烈的爱去拥抱世界以及身边关心自己、爱护自己、惦记自己的人。于创作而言，对于书中主角、配角的命运会有更加深刻的领悟，会刻画得更加真实、真切。生病不是一件好事，但是的确让血红多了一种全新的体悟和视角，这对创作而言毫无疑问是有益的。

我们的访谈就带着这些全新的感悟和内省开始了……

◀ 血红

　　血红，本名刘炜，苗族，湖南湘西人。本科毕业于武汉大学计算机系，硕士毕业于吉首大学哲学系。中国作家协会会员，中国作家协会第九、十届全国委员会委员，上海网络作家协会会长，上海市虹口区作家协会主席，上海市第十五届人民代表大会代表，上海大学文学院兼职教授。

　　2003年开始网络文学创作，至今已创作10余部长篇小说，类型包括玄幻、奇幻、仙侠、都市等，近6000万字。代表作品有《巫颂》《邪风曲》《巫神纪》等。

> **作家自述笔名由来**
>
> 　　我最早的笔名，其实是一串很长的英文字母，那是我在读书的时候，在一些论坛上用的账号。后来我的书在中国

台湾出版，那边的版面是竖排的，英文笔名印刷上去不甚美观。所以，出版社编辑就说，你起个中文笔名吧。但是那天我喝多了酒，宿醉中我睁大眼睛想了半天，却想不到一个"高大、英武、帅气、吸引人"的中文笔名。正好我看到 BBS 上的一篇文章，名字是"雪白、血红"，我感觉"雪白"这个词有点儿小姑娘化，"血红"这个词的感觉就很不错。所以我的笔名就成了"血红"。

一、网络文学创作的初心是对文学的虔诚

本书作者：您跟笔名的缘分好奇妙啊，只是因为在漫漫网络上，多看了一眼。

血红：是啊。自此，作家"血红"就与大家见面了。

本书作者：这一见面就了不得，单说创作的字数，您在网络作家圈里被称为"码字劳模""高产作家"。到目前为止，您创作了多少字？

血红："流浪的蛤蟆"曾经在知乎上将网络文学圈内卷的源头归结于我，说我是"一个凭一己之力改变整个网文生态的男人"，我有点儿骄傲，也有点儿尴尬。到现在为止，我没有精确地计算过创作的字数，估算一下，应该将近 6000 万字了。十七八部长篇小说，平均在 300 万字以上，最长的《光明纪元》有 700 余万字。

不得不说的一个现象是，在我入行之前，整个互联网上的

更新速度大概是随心随缘的。因为没有专职作家嘛，所以很多作者一周更新一章、两周更新一章，这都是常事。一章能有一两千字，这是常态，若是一章能有 3000 字，那就是"良心作者"了。

那时候能够稳定更新文章的，是中国台湾的一批早期的职业化作者，他们和出版社签署了固定的出版合同，一个月大概写一本书——共 6 万字，平均每天写 2000 字的水平。我入行后，没有别的事情做，而且和现在一样，除了"码字"和看书，也没什么别的爱好，加上在学校编程时练习了手速，而且有理科生的逻辑能力，以及在初中、高中时通过"文山题海"养成了快速解题的能力，所以我每天的更新量比较大。

本书作者：最多一天能写多少字？

血红：那时候，我平均一天最少能更新一万多字吧，后来有读者统计过，我早期最多时一天写了 9 万多字。

本书作者：一天写 9 万多字？这是怎么创作出来的？这源源不断的灵感来自哪里？

血红：我差不多用了 12 个小时的时间，从早到晚没停过，写了 9 万多字。一直到现在，我每天只要没有事情做，不出门开会或者参加别的活动，每天还能创作一万字左右。

后来很多作者都说，就是因为我入行才带起了"日更"以及"日更亿万"的风气，让后来的网文作者都习惯了每天勤勉地写作。早期的时候，我有过更新一次服务器就宕机一次的记录，持续了很长时间。不过，现在平台的服务器功能很强大了，估计再也没有作者能一更新就干掉所有服务器了。

网文作者圈子整体的阅读量是非常大的，我们需要不断地看名著，不断地看现在名家的作品，不断地搜集各种资料。而且我们看的内容可能是最杂的，比如，你要写历史文、穿越文，就要会炼钢铁的技术、制造化肥的技术、制造火药的技术，甚至还要会从厕所的粪土当中提炼芒硝的技术……所以我们的知识面可能不够深，但是非常广。知识面越广，带来的灵感刺激就越多。写书就是要让脑子里的灵感不断地闪现出来，但是灵感的闪现要有素材做基础，每天看书就自然而然地积累起了无数的素材。

现在，我每天除了在网上看自己喜欢的小说和一些经典名著之外，还在看各种有助于写作的书。比如，《王安石全集》、唐诗、宋词等。我每天要翻几页，读一读书里面的句子。我会根据诗歌中的句子，描绘出那一片世界、那一片山水，然后直接用到我的书里面去。

本书作者：可以理解成"阅读"就是您所说的写作的"灵感"？我记得莫言说过，他曾经一天创作了一万多字，他感觉情节、文字都已经在脑海中，只是用自己的手、用自己的笔书写出来而已。您在创作中有过这种感觉吗？另外，您创作这么多字，对质量会有所担心吗？

血红：是的，很多作者都有过这样的感觉。当我们进入创作的高潮阶段时，会有一种无法停手的快慰感，我们脑海中有无数的念头同时冒出来，我们能感觉到所有的情节发展、所有的人物对话、所有的场景变幻活灵活现地出现在"眼前"。那是一种宛如天成的创作状态，而每当进入这种状态的时候，我们创作的情节就会格外地吸引人。

每天写得多，质量就一定差吗？我想不至于。网文作品能够获得这么多读者的喜爱，证明了网文作品本身有很大的优点，这是不可否认的事实。当然，高速写作会带来错别字、措辞用句上的一些疏漏……但这都是瑕不掩瑜的小问题。解决了世界架构、故事大纲、情节主线、人物设定这些主要问题后，其他问题可以通过"仔细雕琢"来完成。当然，文字经过长期的雕琢和打磨后，会更加"精美耐看"。高速的写作，同样代表了作者的思维能力和创作能力的强大。

本书作者：除了创作的字数多之外，我感觉您的创作类型也是比较多元的。为什么要进行不同类型的尝试？

血红：我写过都市题材、历史题材、仙侠题材、玄幻题材、奇幻题材、科幻题材……大概有七八个不同的作品类型。很多作者可能专门写一个类型的作品，但是我喜欢尝试不同类型的作品，因为这样可以给我带来新奇感。

我之所以写作，就是因为在网上找不到可以看的书了。我喜欢阅读新奇的作品，不喜欢在同类型的作品上浪费太多时间。阅读如此，创作自然也如此。而且，一个作者本来就应该不断地求变、求新，所以未来我还会尝试更多、更有趣的作品类型。

本书作者：这或许是您的一大优势，区别于其他网络作家的优势？就是爱好、坚持、心无旁骛？

血红：嗯，可能就是"简单的爱好""长期的坚持"。因为我喜欢写作，喜欢阅读，除此之外，我就没别的爱好了。而这两个爱好恰恰是我写作需要的重要元素。"长期的坚持"是指我比较有耐心。我从 2003 年一直创作到现在，而和我同期的老作者，现在依然在创作的已经没剩几个了。

就算到了现在，我还能保持每天一万字左右的创作量，自我感觉是比较了不起的。

本书作者：都说"书中自有黄金屋"，您用实践证明了"书中确有黄金屋"。您应该是网络文学收费制度的最早受益者吧？据说您是网络作家里面收入破百万元的第一人？

血红：2003年是我写网文的第一年，对整个网文行业而言，也是意义非凡的一年。那一年10月，起点中文网启动了VIP付费阅读制度。到了2004年底，我在起点中文网的年收入突破了百万元。

其实我个人对这件事没有太多感受，那时候日子过得很简单，我也不怎么出门，吃饭就在小区门口的小餐馆解决，写书的时候喜欢喝点儿酒，除此之外也没有别的大笔开销。

后来我还是有点儿开心的，因为如果你有百万年薪的话，就证明你的身后一直有很多忠诚的书友。

我跟你说件特别有意思的事情，是那个年代特有的现象。刚开始启动VIP付费阅读制度的时候，作者的稿费结算都是在后台操作，只要稿费攒够50元，就可以申请支付。2003年，我拿到第一笔50元的稿费。第一天，我把正式的VIP收费章节上传以后，第二天上午去看后台，发现有50元了，我就申请支付稿费，然后下午发现又有50元了，到第三天就是好几个50元了。只要看见后台攒够50元，我就立刻申请支付稿费，编辑就会骑着电动车去几十里外的邮局给我汇款。后来一个老编辑直接给我打电话说："血红，你不要折腾了，给你打款好辛苦，一天要跑好几趟，你攒几天再申请吧。"

回想起来，有时候一个小小的选择，就会影响人的一辈子。我只是在某个时间点做了一件符合未来发展方向的事情，而这些必然发生的事情汇合成了网络文学的发展潮流，带着我向前奔跑、向前发展。是趋势成就了我，而非我成就了趋势，这是一种幸运。

本书作者：您现在对创作字数有目标吗？对创作的作品类型有规划吗？

血红：我想在 65 岁退休的时候写满一亿字。我现在 40 多岁，还有 20 多年时间才退休，还是很有希望完成这项任务的。至于作品类型，我的作品一直没有固定的类型，玄幻、奇幻、仙侠、都市……我都写过，我还是希望不局限于一种题材，未来争取尝试更多的类型，让自己时刻保持创作的新鲜感和新动力。

我正在创作现实题材的作品。大概的构思就是大都会的快速发展和郊区乡镇青年的命运交织。如果你将大都会比作一块光怪陆离的镜子，那么这样的青年站在镜子前会看到什么？总之，这是一部当代青年在乡土和大都会之间挣扎、游离、创业建业的故事。关于现实题材创作，我的个人意见是，一定要深入生活，扎根生活，扎根群众，深入各行各业的群体之中。你书中的每个角色都应该在现实中有原型，你书中的每个故事都应该在现实中找到锚点，这样"挨骂"的概率就会小一点儿，剩下的就看你的文字功夫了。

本书作者：正如中国作家协会发布的《2022 中国网络文学蓝皮书》里指出的，目前，网络文学主流化、精品化趋势更加清晰，现实题材优秀作品频出。您认为一部优秀的网络文学作品必须具备哪些要素？

血红：大抵是在精神立意层面。现在的网络文学作品不缺故事、不缺情节，在世界架构、背景设定方面，有极其突出的优势和特点。在人物刻画方面，不少作品已经做得很不错了，创作出的人物形象栩栩如生，给人以极深的印象。总之，从作品本身来说，一部分网络文学名作没有太多可以挑剔的地方。但是现在网络文学作品因为类型的原因，其故事主线、矛盾冲突等更多地纠结在主角个人的恩怨情仇上，立意导向还不是很积极向上。有一个好的故事、几个好的人物，如果还能配合劝人上进、具有更多教育意义的立意导向，我想这样的作品会更受读者的喜欢，会更得到社会大众的期待。

本书作者：如何创作出高质量的网络文学作品？

血红：我有一点儿个人见解和心得。

其一是初心。这几年，我参加了一些座谈会和培训活动，外界有一些研究者动辄就说网络文学最初的动力是经济利益。对于这一点，我个人是不认同的。最早的网络文学作者是没有经济收入、没有稿费的。网络文学诞生的初心是作者对文字的热情、对创作的激情，是一群“小众网友”因为对小说的热爱而聚集在一起创作，由此自然诞生的一种基于互联网传播的文学样式。

因此，网络文学的初心是对创作的虔诚。唯有虔诚才能让无数作者写出一个又一个精彩的故事，唯有虔诚才能让这群网络作者当中的一小部分人精益求精，不断追求文字底蕴，不断追求作品中的人文情怀和文学价值。他们其实已经超越了对作品衍生的经济利益的追求，而是追求作品本身更高的内在价值。所以，对一部分网络作者而言，初心已经变成了一种情怀，他们正在试图创作出更好的、让自己和书友更满意的作品。这是值得期待的。

其二是传承和创新。网络文学作品中的很多元素可以从中华优秀传统文化中获取。在书中，我们可以尽情地讴歌从先祖那里传承下来的传统美德，如仁、义、礼、智、信，以及由此衍生、酝酿出来的厚重而有人情味、秩序井然的社会伦理等。这些传统美德会让我们的作品更有感染力，更有情感力量。

我们这些作者更要传承网络文学已经创造的一些特性。比如，作品的各种类型，以及让各种故事更动人、更有吸引力的写作手法等。对于这些网络文学本身具有的好东西，我们要传承下去。

创新则要求所有作者、编辑及周边从业人员警惕故步自封。我们需要创造新的作品类型、新的模式、新的写作手法、新的结构逻辑等，我们要抵制"套路文"、千篇一律、相互"模仿"之类的创作现象，每个作者都应当力求创新、开拓，发挥自己的天赋，创作出具有独特个人风格的、让人耳目一新的作品。我们要虔诚地对待创作，传承好的基因元素，并以此为基础进行再创新。

本书作者：您对自己目前的状态满意吗？在整个创作过程中遇到过哪些问题？有没有遇到瓶颈？

血红：这是个很古老的问题。总有小伙伴问我："你创作的时候，有瓶颈吗？"但是一直到现在，我每天都能很顺畅地创作，没有瓶颈。

什么是瓶颈？思维匮乏了，没有素材了，不知道下一个情节如何去写了，这才是瓶颈。但是对一个认真的、努力的、每天都在读书创作的作者来说，他每天都在汲取新的元素、新的素材，每天都在努力地构思新的情节、新的人物，甚至为每个不同的人物构造不同的出身、性格、命运……如果一个人的思维每天都在极其快速地运转，每天都在构思不同的新东西，每天都维持着强烈的创作冲动和创作欲望，那他怎么可能有瓶颈呢？

二、我们有理由、有责任让网络文学作品 "走出去"

本书作者：因为我在传播处工作，所以也研究网络文学的国际传播。我知道您的一些作品，比如《巫颂》《巫神纪》在海外也很受欢迎，您作为作者，如何看待 "网文出海"？

血红：关于 "网文出海"，毫无疑问是一件好事。我们有博大精深、精美精彩的传统文化，这是网络文学中东方玄幻、仙侠故事乃至都市、科幻等很多类型小说的创作源头。好东西就不应该藏着掖着，我们有理由、有责任让网络文学作品 "走出去"，让更多的海外读者通过我们的作品认识我们的传统文化，感受我们的传统文化，明悟我们传统文化的 "伟大" 和 "精彩"，进而爱上、尊敬我们的传统文化。

为了写《巫颂》《邪风曲》《巫神纪》这类作品，我阅读了所有能找到的关于历史和神话传说的书籍。我研究《山海经》，研究道教，熟读《道德经》，尤爱《封神演义》……我阅读的书籍很多，题材也不尽相同，从世界名著到中国古典武侠小说，再到西方玄幻、魔幻类书籍，都有所涉猎。这些书籍对我日后的网文写作产生了极大影响。我的大多数作品总是能给读者构建出一个宏大的西方玄幻、魔幻世界，同时，在这些作品的主角身上，又能找到中国武侠小说中的侠义精神。

本书作者：这也就是东西方文化的融合。那么在您看来，中国神话与西方神话的关联是什么呢？

血红：在我看来，中国神话和欧洲神话都体现了祖先在与大自然抗争时留下的一种生命的烙印。比如，我们都有过大洪水的记忆，都有过史前文明的传说。无论是东方的中国神话，还是西方的欧洲神话，都有过巨人，都有过山岭、海洋、湖泊、河流中各式各样的神灵。西方有"花仙子"，中国神话当中也有"牡丹花仙子"，这证明我们在关于神话的文化脉络中，其实有很多的共通性。

可二者又有不同。在与大自然的抗争中，中国神话可能更多表现出的是一种奋斗、不屈的精神；而西方神话可能体现出一种类似于承受天命的诉求。

中国神话可能是以一个又一个神仙为个人体系，更多体现的是一种个人的积极奋斗、不断向上提升的精神，体现的是一种不屈不挠的类似于小草从地下长出来的蓬勃的生命力。而西方神话更多的是以血脉论、天赋论为主，体现的是一种神话谱系大神族、大家庭概念。这就是二者在人文精神上的一种根本性不同。

在故事创作当中，中国的网络文学在早期汲取了不少西方魔幻小说的元素，这就代表中国网络作家有一种非常强烈的汲取外来营养并化为自己所用的能力。

中国网络文学发展到中后期，无论是仙侠小说，还是玄幻、奇幻小说，乃至于都市小说，更多的元素就来自中国传统神话故事、中国传统文化、中国历史故事、中国历史人物、中国民间传说。这体现了中国神话博大精深的底蕴，我们的网络作家应该利用中国神话的元素去讲好中国故事。

我希望未来在中国网络文学作品当中能够涌现出一批"出海"精品，这些作品以西方能够接受的方式去影响更多的海外读者。我觉得这是我们在文化交流和融合上的一个比较好的努力方向。

本书作者：刚才您说了中国神话跟西方神话之间的关联，我可不可以理解为"文明互鉴"。比如，网络文学发展初期，我们借鉴西方的神话谱系、架构。在网络文学发展的中后期，中国的传统文化、传统神话、神话理念借助网络文学很好地体现了出来，这是不是可以理解成文明互鉴，文学共同体？

血红：我是最早进入互联网创作的作家之一，也见证了中国网络文学的发展过程。可以说，中国比较早的网络作者大多受西方魔幻小说的影响，他们的第一部小说基本上是魔幻类。在中国网络作者的创作过程当中，有一部分世界观的架构借鉴了西方神话的一些特性。比如，结构严明的文明谱系，非常严格的文明架构、家族架构，很亲密的人与人之间的结构关系。

我们在创作时，的确或多或少借用了西方神话结构特征，但是在这种结构下的那些人、那些设定，却又充满了中国神话当中的个体浪漫主义情怀，以及积极的、向上的、抗争的精神。他们追求大逍遥、大自在、大无畏的精神力量。我觉得这是一种非常好的融合模式。

本书作者：在您的作品中是如何体现的呢？您是怎么融合的？

血红：我在自己的作品当中，更喜欢给主角赋予"虽然出身比较卑微，但是非常努力向上"的精神。其实，这种人文精神在中国历史人物身上都可以寻到。比如，"帝王将相，宁有种乎"，我觉得这种精神在我的作品、我身边很多作者的作品当中体现得非常好。

本书作者：东方神话和西方神话会有什么不同吗？或者说，我们在借鉴的时候，一般先要摒弃什么呢？

血红：西方神话当中很可能存有一种宿命感、宿命论。他们觉得，每一个人生下来注定就是主角，而这种注定的宿命感，其实是我们在创作当中不怎么采用的一种设定。我觉得主角那种积极向上、不断努力提升自己的奋斗精神，其实比宿命感更加珍贵。这也是我在未来的创作当中会不断坚持的一个方向。

希望未来我的作品能够更多元地在海外传播，希望我能够创作出更有中国风味、中国元素的故事，让更多的海外受众喜欢。

本书作者：您的确对东西方的神话颇有了解，那您从小就喜欢看神话故事吗？您从什么时候开始对神话故事、玄幻小说的创作感兴趣？

血红：我最早看的文学作品的确是神话故事，而且是最为经典的东方神话故事——《西游记》。它是繁体版的，不知道是哪家出版社出版的。

我能确定的是，在小学二年级的时候，某个周六的下午，我跑去关系好的同学家里，看完了半本《西游记》。我之所以记得是小学二年级，是因为在我上三年级的时候，母亲调动工作，我们从县城搬家去了略大一点儿的城市，我是在原来县城的小学同学家里看的那本《西游记》。

我小时候看了不少文学作品。在一、二年级时看过《西游记》，还有《碧血剑》和《云海玉弓缘》。看后面两本，是因为父亲喜欢看武侠小说，他偷偷买，我偷偷看。后来，为了看《云海玉弓缘》，我还被母亲揍了一顿。期末考试前，看如此成人化的武侠小说，挨揍是必然的。我之所以记得这么清楚，是因为母亲在揍我之后，将《云海玉弓缘》藏了起来，一藏就是好几年。后来我都快上初中了，才从某个铁盒子里翻出了这本书。失而复得的快乐让我的记忆格外清晰。

除了以上三本书，受姐姐的影响，我看过《红楼梦》，自己买过《水浒传》和《三国演义》，这也都是和我同年龄段的男孩子看书的"基本操作"了吧。

因为姨妈在文化馆工作，文化馆下属有图书馆，所以我后来在小学放暑假的时候，就去图书馆"蹭书"看，《蜀山剑侠传》就是那时候入手的。我还跟着姐姐看了很多爱情故事、很多散文以及三毛和席慕蓉的作品等。

到了初中，我有了零花钱，也没买别的，就买了各色武侠小说，但凡内地出版过的，我都买齐全了。但是那时候的出版条件一般，市面上能买到的书很少，国外的经典作品就更少了，我还是从图书馆"蹭"了《茶花女》《三个火枪手》《福尔摩斯探案集》这样的经典作品……

本书作者：小时候能接触到的书的确少，您很幸运，有个在文化馆工作的姨妈可以带您去图书馆，有姐姐能够让您接触到那么多文学作品，您还看到了国外的文学经典作品。这为您养成良好的阅读习惯奠定了基础？

血红：对，现在回想起来，我看的作品真的无法计数，总之很多。从传统的文学经典到当代的人文杂志，从天文地理到美食人文，不拘一格，只要感兴趣，我都会看。我不局限于哪一位作者的作品，我看过太多作者的作品了。我买了很多纸质书，也看了很多付费阅读的网文作品。

除了吃饭、休息等日常作息时间，其他时间我都在读书，因为我没有其他的爱好。我读的书越多，越感觉自己懂得少，就会心生敬畏，然后去读更多的书。这样，我从中能够得到的东西就越多，可以有更多的素材拿来写新书。大概就是这样的一个轮回。

本书作者：您最喜欢的一部文学作品是什么？最推崇的一位作者又会是谁呢？

血红：《基督山恩仇记》，这是我最喜欢的作品。我看了无数的书，还是这本书让我时刻念叨着，尤其是书里的最后一句话，几乎成了我的人生格言。

我们这一代网络作者普遍受到金庸、古龙、梁羽生等大师的影响。我们崇拜侠客，憧憬中国最朴素、最原始的侠义观。我们每个人都有一个独特的属于自己的侠客梦，一个热血慷慨、男儿自强的侠客梦。关于最推崇的作者，我想了又想，最终结论依旧是"古龙"！不仅仅是我们都喜欢喝酒的缘故，我还羡慕他身上的很多东西。具体没办法说，总而言之，是一种"潇洒"的生活态度。

本书作者：那您是从什么时候开始迷上了网络文学呢？

血红：1998 年我考上了大学，读的是那时候很热门的计算机软件专业。因为专业的要求，1999 年，我一开学就买了台电脑，然后本专业的同学东拉西扯地连了网线，给楼层通了网络。

那时候教育网的速度还不错，我开始学着在网上找资源，其中一部分就是最早期的网文了。我能记得的最早的网文作品，应该是《星战英雄》——中国台湾作者写的小说，在学校的 BBS 上连载，一个月更新一次。后来就有了《紫川》《风姿物语》这样的连载小说。按照现在的归类法，它们应该都是玄幻类型的作品。

稍微晚一点儿的时候，就有了大陆作者仿写的一些作品，但是都不成体系，而且没有完结，字数略少。作者也不出名，我唯一记得的就是作者 "冰川伸" 的《咆哮七海》。如果我没记错的话，应该是这个作者、这本作品。

后来就有了网友翻译的外国魔幻小说经典作品，如 "黑暗精灵三部曲" 和 "龙枪" 系列等。那时候我唯一的感触，就是这些作者太了不起了，他们的想象力、对世界的架构都太了不起了。

本书作者：您是计算机专业的理工男，是什么机缘巧合让您开始摩拳擦掌，跃跃欲试，推开了网络文学创作的大门？

血红：2003 年的时候，我和几个玩得好的同学在大学门外的居民公寓内租了一间房。那一段时间，我没工作，没事情做，一起住的同学要么在复习考研，要么已经工作了，只有我借了同学的电脑，每天逛逛网络论坛、找找书看。但是那时候能在网上找到的书，基本上不会有结尾。因为那时候没有专职的网络作家，很多作品只有一个很不错的开头，写上很精彩的十几章、二十几章后，就突然没了，从作品到作者，都消失不见了。一本两本，三本四本，无数情节故事、人物恩怨在我脑海中翻腾，让我憋得难受极了。

终于有一天，我熬不住了。我说，我注册一个账号，把脑子里翻滚的那些情节故事给你们吐出来吧！

我的第一部作品是《林克》——一部西方魔幻类小说。我不想对这本书多做讨论，因为现在看起来……除了故事主线设计得还有点儿意思，其他的一切都糟糕透顶。不仅仅是《林克》，后面还有两三本，现在看起来都让我觉得面红耳赤。

但是认真想想，一个学计算机软件的男生能下手写东西，已经很大胆了，也不能指望他最初写得很好，是吧？

本书作者：是，有勇气。可以说，您当时的创作就是为了一吐为快。那到目前为止，您总共创作了多少部作品？您自己最喜欢哪部？介绍一下您的作品情况。

血红：我从 2003 年开始创作，到现在已经 20 多年了。主要的代表作就是《升龙道》《邪风曲》《巫颂》《巫神纪》《光明纪元》。我擅长的主要是玄幻和仙侠题材，有书友喜欢我的玄幻小说，但是也有书友更喜欢我的仙侠小说。

我写了十七八部长篇小说，大抵上就是一年多写一部的速度。要说我最喜爱的一部，还是《巫颂》。它在我所有的小说中占据了"世界观核心"的重要地位。

《升龙道》发表于起点中文网，是都市类修仙文，应该是网文界最早的都市类修仙文。后来网文界同类型作品中的不少设定，就是出自这本书。

《邪风曲》是古典仙侠文，应该是网文界最早的假借历史背景的仙侠题材小说，同样始发于起点中文网。

《巫颂》首发于 17K 小说网。确切地说，应该是最早的描写远古历史背景，对远古神话和早期文明进行文学衍生的作品，是神话仙侠类作品。

以上三部是我最有代表性的作品，后来的《巫神纪》《光明纪元》，还有其他十几部长篇小说，各有特色，但是代表性显然不如这三部。

我也出版了许多作品，纸质书不少，与中国台湾的出版社和大陆的出版社都合作过。有的作品还做成了游戏，业绩不错。这两年，我的一些作品出售了电影、电视剧的版权，但是我的主要精力还是放在了创作上，没有参与具体事务，所以对改编进展不是很清楚。最近，我的一部短片作品的版权开发已经落地，相关的工作正在有条不紊地开展中，希望能够给大家带来惊喜。

本书作者：我们期待着。说到创作，有读者评价：您笔下的故事，起承转合间皆是惊喜；您笔下的人物，角色设定必定出色。会有读者给您留言，说喜欢您某部小说里面的某个人物、讨厌某个人物吗？

血红：经常有。但他们不会说喜欢某部小说里面某个人物做过的某些事情，或是讨厌某个人物做过的某些事情。我在小说中陈述故事，但是故事情节的推动和演绎，归根结底是为了塑造人物，让好人显得更加可爱，让坏人显得更加可恶。描述的故事，精心编造的情节，最终都化为某个角色的人生轨迹，化为一段 "真实不虚" 的生命旅途，由此影响读者的感观。所有的情节、不同角色所做的事情就是一块块拼图，拼成了人物最终的形象。角色是具体而鲜明的，而情节仅仅是背衬。最终，读者会因为某个角色而喜欢上某本书，进而深深地记住某本书。

本书作者：对于网络小说的人物设定，您有什么独到的见解吗？

血红：我可以做一些粗浅的阐述，但仅仅介绍比较传统的网络小说中的人物设定，这对于现今出现的诸如"二次元"轻小说等新式类型的人物设定而言，并不是很适用。

于一部网络小说而言，它和传统作品的不同就是，网络小说的篇幅相对较长，内容几乎涵盖了一个人的一生。从主角的幼年、童年开始，动辄数百年、数千年甚至更加漫长的时间跨度。主角一生所经历的一切，就是作者呈现给读者的故事。篇幅如此长，时间跨度如此大，是什么吸引了读者的兴趣，让他们不间断地追读？毫无疑问，是主角的奋斗、主角的挣扎，是他从微末崛起，从底层成长，一路战天斗地、不断获取成绩，不断取得功勋和荣耀的经历支撑着读者的阅读兴趣。

所以，在过去比较经典的网络小说中，作者对主角的设定，无不是出身比较卑微，层级不是很高，孤身一人、贫苦无依，甚至是身处绝境，时刻面临灭顶之灾。这样的设定，可以在情节处理上让主角迅速地进入紧张激烈的矛盾冲突中，让读者第一时间被激烈的冲突所吸引。而这种弱势的、有缺陷的、不完美的、被各种外部压力和危险包围的主角，读者会对其未来的命运抱有一丝担忧和好奇。如何扭转自己的命运，如何抗争命运，如何从绝境中逃脱，这一切都值得读者期盼。

有缺陷的、不完美的、弱势的主角，在一场场激烈的矛盾冲突中，一点点地补全自己的缺陷，一点点地夯实自己的基础，一点点地提升自己。读者也会在这样的阅读过程中获得满足，就好像那些成绩和荣耀都是自己身体力行而来的。在这样漫长的创作过程中，作者才能让作品拥有足够的黏着力。

关于配角的设定，网络小说喜欢把那些负面的角色——在书中和主角发生矛盾冲突的人物——设定成"高大上"的类型。家财万贯、权势滔天、天赋异禀、盖世天骄等属性，是网络小说中配角的设定。这样的设定让配角一出场，就拥有了挑动情节发展的能力。读者不需要耗费对待主角一样漫长的时间，百无聊赖地等待配角的成长。如果真的是这样，那么整部作品的篇幅就会无限制地拉长，内容也会变得冗长而无趣。

这些设定完美的配角一旦出场，就拥有足够的力度，迅速推动情节发展，激发矛盾、冲突，推动、催化主角成长。而这些"家世优渥""个人超凡"的配角的出现，也会让主角在成长旅途中，拥有更大的可期待性。当主角顺利地击倒或者征服了这些强势出场的，家世、力量、权势、人脉等全都凌驾于主角之上的配角时，无论主角是使用智力还是武力，毫无疑问这个击倒或者征服的过程，会让整部作品的情节更加丰满、更加有趣、更加有吸引力。

本书作者：在人物设置方面，尤其是在设定主角的时候，有想过主角存在的意义是什么吗？为什么如此设计，是否在列大纲之初就要明确呢？

血红：他出现在我们的作品中，他在我们的作品中上天入地、飞遁九霄，不是纯粹为了情节、为了矛盾而存在的。他存在的意义不是单纯的、重复的、枯燥的"打怪升级"。他定然有存在的意义、价值。

也就是说，我们必须在书中给他编织一道大纲、一条主线；或者说，给他设置推动整个世界发展的命运轨迹；又或者说，他身上需要承担某种天命、某种义务、某种重大的职责。唯有这样，这个主角的成长和奋斗才有意义，才有价值。在书的最后一部分，他因为天命、义务、职责等，可能有选择、有牺牲，从而才能有某种境界的升华。

我们必须给主角一个奋斗成长的理由，给他一个奋斗成长的背景。有了这样的背景，整个世界才会变得丰满，变得有血有肉。若是没有，那么整个世界背景也不过是一幅"打怪升级"的大地图，就显得过于单薄而无味了。

与此同时，我们也需要给配角精心构造出身、来历、目标等。哪怕是最弱小、最可以无视的一个配角，我们也不能让其变成脸谱型工具人。工具人是枯燥无味的，由工具人引发的情节也是寡淡如清水的。

如果配角是好人，他是主角的好朋友，那么他为什么是好人？他和主角相遇的原因是什么？他为什么帮主角？他的人生目标是什么？他的人生格言和追求是什么？

如果配角是坏人，他是主角的敌人，那么他为什么是坏人？他有多么坏？他这么坏的原因是什么？他这么坏的目的是什么？

家世出身决定配角的言行举止，人生目标决定配角的所作所为。不同的家世出身，不同的人生目标，让配角的行动、心理等有了不同的变化。而这些不同的变化使配角不再是脸谱型的、千篇一律的工具人，他们就变得鲜活而生动了，整本书也会产生更多的变化。

三、努力踏实地去写拥有个人风格的故事

本书作者：您小时候受到传统文学的熏陶，1999 年，刚考入大学的您还是个理工男，伴随着网络文学在互联网的兴起，

您后来成为一名网络文学作家。您怎么看待传统文学对您的滋养？

血红：我一直坚持这样的观点：文学本身没有任何不同之处，只是载体和传播渠道有了差异。有人将文学分为传统文学和网络文学，但是网络文学中比较流行的作品类型，也能在古代的传奇故事、神魔小说中找到对应的种类。比如，还珠楼主先生的《蜀山剑侠传》，你说应该归于传统文学还是网络文学？又如，卫斯理的系列小说，如果以内容和类型来说，它的网络属性更加浓烈一些，但这些小说是网络小说吗？所以，把文学划分为严肃文学和商业文学，或许是更加恰当的。这是我个人的想法。

网络文学的包容性极强，你的文字、作品放在网络上，就能被称为"网络文学"。我已经阐述过，所谓的网络文学与否，无非是载体和传播手段不同，和文字本身的属性没有多大关系。所以，保留网络文学最原本的东西，仙侠小说也好，奇幻小说也好，各种类型都保留下来，然后在类型上进行扩大，容纳吸收更多的、传统的、主流的文学样式，做大整个网络文学的规模，让更多的精英作者进入这个行当，产生更多的精品、经典，让网络文学成为下游产业的概念输出源头，这是当务之急。

当然，在这个过程中，对网络文学的从业者，从作者到编辑，再到周边的一些岗位，都会提出更高的要求。所以，这就要求作者更多地充实自己，学更多的知识，读更多的书，走更多的路，见识更多的市井民情，以写出更高质量的作品。而编辑以及其他的相关岗位，也会有类似的要求。其中，甚至包括了职称评定和职业道德审核、职业道德约束等问题。或者说，网络文学的下一步，应该在标准化、体系化，在评判标准、评判体系上做出突破。

本书作者：您说到了标准、评判，中国作家协会每年都会评选"中国网络文学影响力榜"，该榜单还会对作品、IP、"出海"、新人进行逐一测评。在您看来，这是不是在评判标准、评判体系上做出的突破和努力呢？

血红：中国作家协会的"中国网络文学影响力榜"，无疑是整个行业最权威的榜单之一。这其实就是整个行业的风向标，代表了主流对网络文学的一种要求、一种标准。中国作家协会作为中国文学界最权威的组织，拥有最高水平的专家，无论是作家还是评论家，他们评选出的榜单，无疑是最有说服力的。"中国网络文学影响力榜"因为其高度的专业性，足以说明上榜作者的高水平，证明他们在文字本身、立意架构上，都有了比较高的水准。这是一种高度的肯定，足以激励作者们用更高的标准要求自己，从而创作更高水准、更受人欢迎的作品。

而且一如前面所说，网络文学的作品类型太多，写作手法也不同，导致读者的年龄层、兴趣口味都有极大的不同。有些作品就是适合网络阅读；有些作品则适合改编成不同的周边产品，而不同的周边产品对作品也有着不同的诉求。所以，"中国网络文学影响力榜"多出几个分榜单，这是符合实际的。因为在网上看轻小说的读者，他们对灵异侦探类作品的影视、动画、游戏改编，很可能不感兴趣。多设几个榜单，可以更加翔实、精准地反映出作品在各个读者群体、周边领域中的影响实效。

而"新人榜"的设立，对新作者来说是一种极大的激励，也会召唤读者群体关注新作者中的杰出代表，关注他们的作品，从而帮助新作者更好地成长。这同样是一种标志性的存在，对整个网络文学的发展是非常有益的。

本书作者：说到新人，现在"00后"都开始入场了，他们现在面临的竞争更为激烈，能否为刚入行的青年作家或者想开始进行网络文学创作的年轻人提几条建议？

血红：从最初来说，网文创作没什么难点。以我们中国学生接受过的教育而言，只要你完成一定程度的教育，有一定阅读量，有一台电脑、一条网线，就可以进行网文创作。这是我们最老的一批从业者比较普遍的意见——网文创作的门槛很低，低到只要你想做，就能入门。

但是网络文学毕竟发展了几十年，各方面都发生了比较大的变化。现在如果新作者入行的话，难点就在于他能否有比较新颖的创意、比较好的文笔、比较强的情节驾驭能力。毕竟现在的读者已经接受了一定的网文熏陶，他们对于故事、情节、人物、文字等都有了比较高的要求。所以，就像您说的，这无形中拔高了入行的门槛，对新入行的作者提出了更高、更严的标准和要求。

如果说对新入行的作者，或者刚开始创作的同行有什么建议的话，我的建议其实就是一个问题，你要扪心自问："开始网文创作的初心究竟是什么？"

我们这些老作者开始网文创作的唯一动力，是对网文这种文学形式的爱好，我们喜欢这种天马行空、不拘一格的文学样式，喜欢神奇的、魔幻的世界，喜欢轻松的、愉悦的故事。我们更喜欢将自己的幻象通过键盘输送给读者，这就是我们入行、创作的最初动力。

保持对网文的热爱，保持对创作的热情，保持对自己的笔名、读者、文字的忠诚，这是我对新入行的小伙伴们的建议。

无论是寂寂无闻的时候，还是功成名就的时候；无论是一个月拿几百元稿费的时候，还是一个月拿很多稿费的时候，忠诚于你通过自身努力得来的一切，才能走得长远，走得踏实。

不要因为看不到前程而放弃，不要因为一时的成绩而骄纵。始终保持一颗对网文最初的平凡的爱心，努力踏实地去写拥有个人风格的故事。

我对自身创作的期许也一贯如此，就是努力、踏实、坚定地走下去，能够维持旺盛的创作热情，这就很好了。我希望所有的从业者都能恪守本心，洗刷浮华，不为一时的利益所动，坚守创作规律，营造一种"独立创新"的创作氛围，不断开拓新的作品类型、新的作品风格，创作出书友喜欢、自己热爱、有价值、有情怀的好作品。

《诛仙》为我打开了网络文学的大门

　　论起网络文学仙侠流派的开创性经典作品，非《诛仙》莫属。20 多年前，《诛仙》就已在中国台湾出版并迅速成为风靡全国乃至东南亚的超级畅销书，后被广泛改编为电影、电视剧、动漫、游戏等各种艺术形式。直至今日，《诛仙》依然热度不减，颇受欢迎，影响深远，其作者就是 2019 年第三届"茅盾新人奖·网络文学奖"获得者——萧鼎。

　　我与萧鼎约了访谈，我们从创作谈到了 IP 改编和"出海"；从福建谈到了中国台湾乃至全国；从 20 多年前谈到了现在和未来，这里面总也绕不开《诛仙》。萧鼎说，是《诛仙》成就了他。我说，《诛仙》在某种程度上也使得网络文学进入了大众视野，它是网络文学史上怎么也绕不开的一部著作。

▸ 萧鼎

萧鼎，本名张戬，福建福州人。中国作家协会会员，福建省作家协会副主席，中国作家协会第十届全国委员会委员。

代表作品有《诛仙》《蛮荒行》《天影》《戮仙》等。2019年，获得第三届"茅盾新人奖·网络文学奖"。

▲ 图1　萧鼎的作品《诛仙》

作家自述笔名由来

我在青少年时期读了许多当时非常流行的武侠小说，很是喜欢。当时，我感觉小说中姓萧的人多是"大侠"，就想用这个字做姓，"鼎"字则是国之重器的意思，也是个好字，所以就选择了"萧鼎"这个笔名。

一、网络文学为我打开了一个新世界的大门

本书作者：大家都知道您是一位很早就开始写作并成名的网络作家，能和读者朋友们介绍一下您是如何走上网络文学这条道路的吗？

萧鼎：网络文学在当年其实是一个新生事物，它是伴随着互联网的诞生而出现，随着互联网的普及而兴起的。当年，刚刚大学毕业的我走进社会，在工作生活中遇到了不少挫折，生活潦倒、心情郁闷，也没有多余的金钱能做其他事，所以街头的网吧就成了我的一个避风港。也就是在那个时候，我在网络上第一次接触到了网络文学。虽然当时网络上的作品并不多，质量也参差不齐，但对于从小就喜欢看书、热爱文学的我来说，仍然像是打开了一扇新世界的大门，一下子就把我完全吸引住了。那段时间，我完全沉浸在网络小说的海洋中，看书成了我唯一的乐趣。但很快，当时比较优秀的作品基本被我看完了，在这种情况下，加上互联网特有的开放性质，从小喜爱文学的我第一次萌发了写作的念头。而当我怀着忐忑不安的心情将自

己的第一篇文章发到网络上的时候，收获了许多陌生但友好的读者们的鼓励，他们的留言或长或短，但哪怕只有几个字的关怀鼓励，对正处于人生低谷的我来说，仍然是弥足珍贵的礼物。可以说，就是这些看似微不足道的留言鼓励、支撑我继续写作。也就是从那个时候开始，我正式踏上了网络文学创作的道路。

本书作者： 您曾经说过，网络文学改变了您的人生？

萧鼎： 那是我发自内心的感叹。在接触到网络文学之前，我只是一个普普通通的青年，事业不顺，生活失意，对未来感到迷茫，不知何去何从，没有任何方向，并因此陷入了痛苦之中，在浑浑噩噩中消磨时光。网络文学帮助我走出了阴霾，在网络平台上，通过从小热爱的文字，我第一次感受到了自信与被认同感，这些都坚定了我的人生目标。但是对于赚钱，我在当时并没有多想。感谢祖国繁荣强盛，感谢这个美好的时代，也感谢我的广大读者们，我的书被大家认可并取得了成功、得到了回报。这也改变了我的生活，让我可以照顾自己、照顾家庭，并全心全意地在文学的道路上走下去。

本书作者： 您刚才说从小喜欢看书，当初开始写作也是因为自幼热爱文学，而且您主要的作品似乎都是带有浓郁中国古典气息的仙侠作品。我可以认为您是深受中国古典文化的影响吗？

萧鼎： 确实是这样的。我从小就喜欢看书，特别喜欢中国古典文化，《西游记》《封神演义》这些书就是我儿时的最爱。长大一些后，我怀抱着强烈的好奇心，想尽办法找来《山海经》等神怪志异作品，对古人想象出来的那个神奇又光怪陆离的世界十分向往。除了金庸先生的作品外，对我日后创作影响深刻的其实还有一位更早期的作者，就是还珠楼主和他的《蜀山剑侠传》。可以说，还珠楼主所描绘的那个仙侠世界，就是我早期的灵感源头。我一直都很庆幸自己身为中国人，能够在如此丰沛的历史文化中得到滋养，通过文字能够感受到前人光辉灿烂的思想文明，这在世界上是独一无二的，真是令人为之沉醉和神往。

本书作者：在日常生活中，除了写作之外，您还有什么其他的兴趣爱好吗？

萧鼎：我最大的爱好就是看书，最喜欢的书籍是历史类的，在我 10 多岁的时候，一套《三国志》就翻看了好几遍。除此之外，我也喜欢足球、篮球和玩游戏，不过现在跑不动了，所以大多数时候都是在电视上看足球、篮球比赛。游戏上，我喜欢的类型倒是挺多的。其实我对游戏的看法一直都比较正面，觉得游戏真的算是一种新的艺术表现形式，而且文学与游戏也有着十分紧密的联系。目前世界上有许多热门的 IP 都改编成了游戏，包括我的作品《诛仙》也是如此，10 多年来游戏改编始终热度不衰，影响很大。

本书作者：您是最早期的网络文学作家之一了，早些时候，对于第一批网络作家的成名，有不少人称为"草根逆袭"。您对"草根"这个词有什么看法？

萧鼎："草根逆袭"，早年间确实被人这么叫过，其实我倒是不在意的，我并不认为"草根"是一个贬义词。事实上，网络作家中有很大一部分人都是从平凡的文学爱好者起步的，他们因为互联网时代的降临而得到机会，得到一个从未有过的全新而阔大的平台，从而向广大读者展示自己的才华，这是一件

好事。甚至就连网络文学也是如此，在早期的时候，你可以用
"草根文化"来称呼它，它是属于互联网时代的，是从网络兴
起，然后逐渐与数量庞大的中国网民一起成长，成为现代中国
文化中一个特殊的存在。

本书作者：您刚才提到了网络文学是现代中国文化中的一
个特殊存在，作为一个几乎与网络文学一起成长起来的作家，
请问您对网络文学有什么看法呢？

萧鼎：我个人认为，中国网络文学从一开始就深深植根于
广大读者之中，它从未给自己设置任何门槛，它对所有的读者
敞开胸怀，阅读的乐趣与思考是网络文学最本质的东西。也正
是如此，20多年来，网络文学在我国迅猛发展，取得了一系列
令人惊叹的成就，我觉得这与它与生俱来的、充满蓬勃生机的
"草根性"是分不开的。今时今日，网络文学早已不是当年刚
刚诞生时的小众状态，它已经成为中国文学的一个重要组成部
分，同时在商业市场上也取得了令人瞩目的成就。为数众多的
作品被改编成影视剧、游戏、动漫等其他艺术形式，与更多的
观众见面，成为名副其实的 IP 生态链的上游富矿。与此同时，
网络文学本身也在不停地进行自我进化发展，从早期较为单一
的体裁到现在的百花齐放，各种各样的新写法、新故事在数量
庞大的网络作者的键盘上不停地闪耀，为广大读者奉献出无数
令人激动的新作品。当然了，网络文学也不是完美的，它目前
还有一些不足之处。比如，暂时还未出现足以登上文学最高殿
堂的经典作品。这是网络文学的一个缺憾，但是我相信，以目
前网络文学的体量和网络作者的数量，在不久的将来必然会产
生经典作品，我自己也会继续在文学的道路上前进，为变成更

好的自己而努力。

本书作者：您说得非常好，不过现在似乎有一些言论，认为网络文学质量参差不齐，有一些糟粕夹杂其中。您对此有什么看法？

萧鼎：任何文学类型的产生和发展都有这个过程，或长或短，无一例外。我要说明的是，网络文学本身是非常优秀的，作品绝大多数都是充满正能量的，这一点毋庸置疑。即便有一些不好的作品出现，但相对于网络文学庞大的体量来说，那只是完全可以忽略不计的微小瑕疵，无足轻重。事实上，世界上所有的文学艺术种类，无论主流与否、影响大小，都会有参差不齐的现象，这是一个客观存在的规律。我们不能一叶障目，要认识到网络文学是与一代青年读者一起成长起来，且影响力日益扩大的优秀文化形式。我们很高兴地看到，党和政府也发现了欣欣向荣的网络文学在广大人民群众中的重大影响力，对网络文学的发展十分重视和关心，特别是习近平总书记在中国作家协会第十次全国代表大会开幕式上的重要讲话里，也专门谈到了新文艺群体的发展。所以我觉得，网络文学一定会发展得越来越好，网络文学的明天将会无比光明。

二、网络文学已经成为中国文学的重要组成部分

本书作者：网络文学已经主流化？

萧鼎：其实任何事物的发展都是有客观规律的，网络文学从无到有，伴随着互联网而发展，从诞生到兴起，再到今天百花齐放的繁盛局面，它的影响力日益扩大，已经拥有多达数亿

人的庞大读者群体，说明它本身就不是一种小众文化。恰恰相反，拥有最广大读者群体的网络文学其实已经成为中国文学的重要组成部分，它和其他文学艺术形式一起组成了中国文学，它现在就是主流文化的一部分。在我的印象中，党和政府很早就注意到了网络文学的影响，从中央到地方各级宣传、文化和统战部门都对网络文学十分重视，中国作家协会和地方各省区市作家协会也纷纷将优秀网络作家吸纳进来。在中国作家协会第十次全国代表大会上，网络作家代表人数占全部代表人数的10%以上，而且包括我在内的16位网络作家光荣地当选为第十届中国作家协会全国委员会委员，数量是上一届的两倍。身为一个伴随着网络文学发展起来的作者，我比其他人更能深刻地感觉到现在与过去相比发生的天翻地覆的变化。随着国家繁荣富强，网络文学日益兴盛并被越来越多的读者所接受，而且不只是当初"触网"的年轻一代，现在，社会更多阶层、更多读者都开始喜欢上了网络文学。之所以能有这样好的局面，除了网络文学本身蓬勃升级、不断发展之外，与党和政府的重视推广、各级领导的关心指导都是分不开的。

本书作者：正如您刚才所谈到的，我们都能感觉到商业化对网络文学有着巨大的影响力，许多人对网络文学比较浓重的商业气息有所顾虑，或者说有所质疑。您对此有什么看法吗？

萧鼎：我可以理解这种想法，因为在中国历史上，文学传统中其实并没有与网络文学类似的例子，所以许多人对文学的印象或许是另外一番模样。但我想说的是，世界上所有的新生事物都是与众不同的，要真正看清和接受一种新事物，也许需要更长久的时间。最近这些年，因为媒体的宣传，各种 IP 的商业化兴起，特别是所谓的作家富豪榜公布后，媒体的焦点几乎都集中在那些吸引眼球的富豪作家收入上，以至于把整个网络文学都贴上了一个"金色标签"，仿佛从事这一行的作家个个都是赚了大钱的富豪一样。其实，这是一个错误的观点。首先，网络作家的收入并不算高，就算是顶级作家的收入，和娱乐圈的流量明星比起来也有一段很大的差距；其次，大众关注的那些高收入，事实上仅仅是数量庞大的网络作家群体中极少数作家的收入，他们并不能代表所有的网络作家。实际上，有许多网络作家的收入仍然十分微薄，他们为了自己的文学梦想，每日笔耕不辍、与键盘相伴，生活潦倒者也不在少数。这些都是闪光的"金色标签"背后，并不为人所知的另一面。希望大家能更多地关注这些现实，而不只是单纯地把网络文学贴上富有的标签。网络文学并不完全是这样的。

本书作者：您刚才谈了许多关于网络文学发展兴起的话题，那么在网络文学已经发展了 20 多年的时间节点上，您觉得网络文学是否也有某些需要警惕的危机呢？

萧鼎：我觉得算不上危机吧，但网络文学现在面临的挑战确实非常多，最明显的就是短视频的兴起，抖音、哔哩哔哩、快手等短视频网站这几年风起云涌，影响巨大，基本上已经不需要我去介绍了。可以说，短视频在争夺读者的碎片化时间方面，是占据了上风的。面对这种挑战，我觉得网络文学自身也会做出一些应对的变化。中国最大的优势之一在于人口众多，读者的数量是非常庞大的。在读者中，会有喜欢快餐阅读、喜欢碎片化阅读的人，也会有喜欢静下心来阅读的人，无论主流还是小众，无论读者口味如何，各种题材、各种作者都会有自己的一席之地。所以就我个人而言，还是想先写好作品，再谈其他。

本书作者： 您是福建福州人，众所周知，福建也是一个人杰地灵的地方，出过许多优秀的作家文人，其中比较出名的有林徽因、冰心等，请问现在福建的网络文学发展情况如何？此外，福建与中国宝岛台湾一水相隔，您对中国台湾的网络文学是否有所了解，能否介绍一下？

萧鼎： 福建的网络文学发展得十分好，各级作家协会和宣传部门领导都对这项工作十分关心与重视。在国内各大网络文学平台上，都有福建籍的作者活跃其中，每年也都有福建籍的网络作家被中国作家协会发展为会员。此外，关于中国台湾的网络文学，那就说来话长了。事实上，早期的网络文学与中国台湾市场有着密切的关系。曾经有那么一段时间，因为大陆市场对网络文学还不认可，网络作品很难得到收入，几乎所有的网络作家都会在中国台湾出版繁体字的纸质书，并且从中国台湾市场上赚取了人生的第一笔收入，我也不例外。所以说，海峡两岸同根同源、血浓于水真的是有道理的。我们和台湾同胞的交流沟通基本上毫无阻碍，我们写出的作品，他们完全能读懂和接受，包括其中的一些典故、俗语、成语、描写等种种文化表现方式，完全不需要任何翻译。我的《诛仙》在中国台湾就很受欢迎，粉丝众多。在中国台湾纸质书市场繁荣的那几年里，早期是中国台湾本土作者和大陆作者的作品平分市场的局面，但随着大陆网络文学的发展，很快就在作家人数和作品质量、数量上压倒了中国台湾本土作者和作品，成为中国台湾繁体书市场，特别是租书店市场的主导。不过这种情况只持续了数年，随着大陆经济持续发展，网络日益普及，网络文学迎来了一个全新的黄金发展期，大陆的市场也开始注意到网络文学这个商业富矿。一开始是大陆的纸质书市场和网络平台订阅市场兴起，因为大陆市场体量巨大，它的商业价值和发展空间几乎是无限的，所以在很短时间内就取代了中国台湾繁体书市场，成为大多数网络作家的主要发展地。据我所知，目前有一部分还在继续创作的中国台湾网络作家也和大陆的网络文学网站签约了，他们来到了这个更大的舞台。而在随后的几年中，更多的版权形式，如影视剧、游戏、动漫等纷纷跟上，网络文学逐渐形成了一个巨大而生机勃勃的 IP 产业链，更是吸引了所有人的目光，以至于现在许多新生代的作家已经不太熟悉或知道中国台湾市场的情况了。

本书作者：您刚才提到了新生代的网络作家群体，那对于"90 后""00 后"的青年网络作家，您有什么写作方面的好建议？

萧鼎：我认为在写作过程中，对网络作家来说，最重要的有两点：第一是坚持写作的毅力；第二是日常生活中的自律。无论什么样的作家，哪怕其天赋再高、再好，在写作过程中所感受到的情绪波动，除了兴奋、欢喜、激动等正面情绪外，一定也会有枯燥、沉闷、"卡文"的痛苦，许多作者对这样的负面情绪十分厌恶，但往往又是无法避免的。在这种情况下，在写作的逆境中坚持下来，不放弃继续写作的毅力便是关键，也是很珍贵的品质。相对于传统作家，这一点对网络作家来说其实更加重要。因为在我过去认识的网络作家朋友里，有一些天赋很好、文笔极佳的人，他们曾经写出过很优秀的作品。然而令人遗憾的是，在后来的时光中，他们并没有坚持下来，许多作品半途而废了，作者自己也逐渐淡出了文坛，在文学的道路上折返不前了。每每念及这些朋友，我都感到十分遗憾，并替他们感到惋惜。

我认为生活中的自律也很重要。人的精力始终是有限的，身为一个网络文学创作者，必须在最好的状态下才能够写出最好的作品，这一点是毋庸置疑。如果在生活中不自律，很多不良习惯都会影响写作。我经常看到一些网络作家放纵自己后，就会在聚会上喝许多酒，醉倒之后，至少有两三天是昏昏沉沉的，别说写作了，就连日常生活都受到了影响，他们想调整到一个好的写作状态，最少需要一周的时间，这一周如何保证写作的质量？我再说一个生活中不自律的小例子。熬夜对年轻人来说，根本算不上什么不良习惯，但是熬夜对网络文学写作其实有很大的影响，敏锐的读者一眼就能看出作者在网络文学平台上发布的"日更"内容不用心。这种不自律的现象多了，作者就会一直找不到好的创作氛围，长此以往，很容易中断写作。所以说，自律带来自由。在网络文学"日更"的大环境下，网络作家的自我修养显得愈加重要。我认为，一个网络作家在拥有文学创作的天赋之后，如果他能够多注意这两点，那么将来的成绩一定不会太差。

本书作者：您怎么看现在的"90后""00后"读者？

萧鼎：我觉得"90后""00后"读者是年轻一代读者。在这个飞速发展的时代，特别是互联网已经深入千家万户，他们从小就拥有以前的青年所没有的上网条件，所以也有着与我们这代人年轻时截然不同的特质。现在的青少年几乎每个人都有手机，就算暂时没有，但同学和朋友以及自己家中必然有电脑，所以他们可以便捷地从网络中接触大量信息。也正是如此，网络文学才会在青少年群体里产生巨大的影响。我认为，现在的青少年读者对文学作品的品质要求在逐渐提高，许多粗制滥造的写法在现代的网络文学中已经无法生存下去了，而读者的兴趣和喜好又是包罗万象、无所不有的，这也促进了网络文学众多流派，包括小众文学体裁的发展。可以说，众多"90后""00后"读者是与网络文学互相促进、一起成长起来的。此外，我们也要看到新一代的年轻人其实有着更多的选择，网络文学不过是其中一种。当现代社会的压力让人们的闲余时间逐渐碎片化之后，读者的喜好也会逐渐变化，类似短视频等新兴娱乐方式大行其道。所以，未来一部分网络文学作品应该也会适应这种变化。

三、《诛仙》能够一直得到大家的喜爱，是我的幸运

本书作者：距离《诛仙》诞生已经 20 多年了。我发现，现在的年轻人对这部作品还是很有热情的，他们关注、思考和热议着《诛仙》。您作为作者，对此有什么看法？

萧鼎：《诛仙》能够得到众多读者多年的喜爱与关注，对我来说是一件非常荣幸和幸运的事，在此我真的要多谢读者的厚爱。当年《诛仙》这部作品能够引起许多关注，我认为原因是多方面的：首先，《诛仙》这部作品的质量还不错，多年来的口碑也反映了这一点。许多读者多年来对它念念不忘，对书中众多角色记忆犹新，说明这部作品算是做到了深入人心，特别是在感情上与众多读者产生了共鸣。其次，那个时代给我提

供了特殊的机遇。网络文学兴起不久的时候，借着这个平台，我的作品能和众多读者见面，而大家以前也没有接触过现代的中国仙侠作品，所以会有许多新鲜感。当然，一部作品的成功总是有许多原因的，哪怕是作者其实都不能完全了解，只能说我很幸运。而大家对书中故事情节、人物性格等的争论，我只想说，每个人的思想都是不同的，没有任何人可以完全说服别人。我身为作者能够做到的，就是继续在文学的道路上前行，努力创作更多、更好的作品来回馈喜欢我的读者。

本书作者：您目前还在继续创作吗？新作品是什么体裁呢？此外，对于网络文学未来如何发展，能否发表一下看法？

萧鼎：我当然还是在继续写作的，也希望能够在文学道路上继续前进，能够写出一些更好的作品来。新书暂时还未发表，仍然在创作中，希望不久的将来能够和大家见面，也希望读者朋友们能够喜欢。此外，网络文学未来如何发展这个话题实在太大了，我是无法做出判断的。从我个人的角度而言，我对中国网络文学的发展是充满信心的，网络作家新人辈出，优秀作品层出不穷。在可预见的未来，我们必将迎来网络文学新的发展高峰，就像我们自己也在创造历史一样，那一刻令人无比激动与期待。希望那一天早日到来！

我是一个"不安分"的网络作家

🎵 题 记 ⚬

　　上至宫廷贵人，下至乞丐走卒，在月关作品中露面的人物总是那么栩栩如生；故事情节头绪众多，但主线鲜明，月关像一位"说书人"，巧布世间烟火，把蜿蜒曲折的故事讲给您听……网络文学自由生长，月关悠游其间。"有偿订阅、付费阅读的出现，大力促进了网络文学的发展，它从一个草圃、一个花园，发展成了一片草原、一片山脉。我有幸见证了它发展的全过程，也参与了它竞争拼搏的全过程。"在应约接受采访时，月关这样说。

　　"创作是一件令人很有成就感的事，也是很有意义的事。但是创作又是一个漫长的、枯燥的，需要清楚地认识自我、超越自我的过程。"对于有志于进行创作的青年朋友，月关有"三个力"的建议：毅力、耐力和能力。

　　毅力：创作要持之以恒。尤其是长篇创作，必须把它纳入自己的规划，坚持不懈，不能"三天打鱼，两天晒网"，那样很容易消耗自己的才气，也难以对作品投入真正的感情。

耐力：一部作品的诞生，需要你长期的努力。成名之前，你在创作过程中要耐得住寂寞，不因一时的沉寂而失望，对自己的创作目标，要不为外物所动，用坚定的意志很好地完成它。

能力：创作需要具备相当程度的能力。它不是天生的，需要我们多多从前辈作家的作品中汲取营养，虚心学习同辈作家的优点长处，努力提高自己的创作水平。无论是创作之前，还是已经在创作之中，又或者是已经取得了很大成功，须知，文无第一，永远保持虚怀若谷的心态。

月关认为，"能够做到这三点，距离成为一个成功作家的目标便前进了一大步"。

◀ 月关

月关，本名魏立军，1972年出生，山东省德州市平原县人。中国作家协会会员，辽宁省作家协会副主席，中国作家协会第十届全国委员会委员。

自2006年至今，月关已创作了20余部小说，多以简体、繁体、外语版本发表。代表作品有《回到明朝当王爷》《大宋北斗司》《秦墟》《夜天子》《逍遥游》《锦衣夜行》《青萍》《步步生莲》，多部作品进行了影视开发。同时，月关还担任《夜天子》《大宋北斗司》《凿空者》等多部影视作品的编剧。2018年，《回到明朝当王爷》入选"中国网络文学20年20部优秀作品"。

作家自述笔名由来

我自小喜欢历史，写的第一本网络小说就是历史题材的《回到明朝当王爷》，所以，我就想用一个皇帝的年号来当笔名，因为这样可能会让历史感更加强烈一些。但我后来发现秦始皇以下所有皇帝的年号都不能在网上注册，所以我就想到把"朕"字拆开来。这是名字来历之一。其二是根据"秦时明月汉时关"这句意境而取，最后就确定用"月关"这个笔名了。

一、每多一个读者，我都心花怒放

本书作者：您从何时开始网络文学创作？创作的缘起是什么？

月关：至今我清晰地记得，2006 年 4 月 16 日，我在起点中文网上开设了自己的作者账号并开始创作网络小说。

我从小就喜欢文学，幼年时在街边花一分钱租一本小人书看、向邻居家借书看，小学三年级的时候，我就抱着借来的《三侠五义》《李自成》《星星之火，可以燎原》《西游记》《杨家将》之类的大部头作品看得津津有味了。后来，我开始从沈阳市皇姑区图书馆借书，由于那时图书馆更新图书的速度有限，大量小说被我如饥似渴地看完了。我还借阅了大量的剧本，当成小说看。这也为我后来提笔就能进行剧本创作打下了基础，从小说创作到剧本创作的转换，对我来说毫无阻碍。再后来，我上了班，有了钱，就开始自己买书看。我喜欢读书，更喜欢创作。上中学时，我就与同学合著过古龙风格的武侠小说，老师担心影响我们的学业，把它没收了。有了工作、家庭后，我的时间有限了，当时唯一的出版方式是把作品逐字逐句地写在纸上，再寄给出版社。而出版社的编辑又存在个人品鉴能力和个人喜好的问题，我总感觉创作过程困难，出版希望渺茫，于是也就放弃了创作的念头。那时的我是只认纸质书的。2004 年的时候，有的朋友见我爱看书，告诉我网上有连载小说，当时我的态度是不屑一顾的："没有印在纸上的小说也配叫小说？"尽管我完全不了解网络文学，但本能地鄙视，不以为然。

本书作者：是什么原因让您拿起"电子笔"的？

月关：直到 2006 年初，随着网络技术的发展，我们国家综合国力的迅速提升，电脑走进了千家万户。就连我当时所在的银行系统，也在各地支行建立了许多论坛。这些论坛多是各地支行的技术人员创建的，论坛分类中除了银行业务的学习讨论，还开设了小说专栏，有人转了一部分网络小说过来，但内容不全。我看了后非常喜欢，一回家就上网寻找，开始如饥似渴地阅读。从这以后，我开始发现，原来网上不仅有那么多文笔好、人物好、故事生动精彩的小说，而且这种发表模式是如此开放与自由。它把编辑控制着的"出口"权利更多地交给了读者，读者喜欢与否，从他们的阅读量、收藏量、点赞量就能看出来，完全是"市场抉择"。一部几百万字的小说，所占空间不及一张比较清晰的图片，网络出版成本低廉，这也使得其入行方式相对友好而便利。同时，网络出版不需要读者写信与作者沟通，作者可以即时看到读者的感想，可以随时通过网络与读者沟通。

这些深深地吸引了我。随后，我又发现，传统纸质书也可以上网传播、可以转化影视版权等，而网络小说只是把第一出版渠道放在了互联网上。比之铜鼎上铸字、竹简上刻字、纸张上写字，这是科技发展进步带来的新模式。于是，在那段时间，我每天下班后就沉浸在各种各样精彩的故事里，如此读了四个多月，每个月花费在订阅上的费用大概是 560 多元，不过这比买纸质书要便宜得多。以我三四天阅读完一套百万字小说的速度，一套纸质书也不止 60 元了。然后，我压抑已久的创作欲望又萌生了。在网上，只要你的作品没有价值取向的问题，基本就能通过，可以发表；至于你的书受不受欢迎，完全交给读者自己决定。于是，我开始兴致勃勃地创作了。幸运的是，我的第一部小说《回到明朝当王爷》一发表，就极受欢迎。一个新人，甫一发书，就一直在"月票榜"前十名，后几个月更是连续排名第一，由此夺得年度第一，一下子赢得了很多读者的认同。由此，我受到鼓励，开始了十几年的创作之路。我最初创作的原因，仅仅是热爱文学，想把自己喜欢的故事写给他人看，每多一个读者，我都心花怒放。而它能产生收入并最终使我以此为业，则是意外之喜了。

二、不会因为某一种类型小说大受欢迎，就不停地复制

本书作者： 您目前创作了多少部作品？都涉及哪些题材？

月关： 我目前创作了数十部小说，作品类型涵盖了穿越历史、架空历史、历史传奇、都市、玄幻、仙侠、科幻、言情等。可以说，我是一个"不安分"的作家。我不会因为某一种类

型、某一种模式的小说大受欢迎，就不停地复制。尽管在这个过程中，我会丢失一部分喜欢我的读者。

本书作者：有哪些作品进行了 IP 改编？您自己也做编剧，在您看来，IP 真正的价值是什么？

月关：我的作品七成以上出售了影视和游戏版权，出版了简体、繁体版本，还有一部分出版了外语版本。目前，已经影视化的作品包括《锦衣夜行》《回到明朝当王爷之杨凌传》《夜天子》，还有原创的剧本《大宋北斗司》和《凿空者》，《步步生莲》也在筹备当中。我觉得没有必要迷信 IP，更不要把一部作品的成功完全寄希望于 IP，它没有那么大的魔力。尤其是现在，只要你买了本网络小说，不管它是什么，它有没有名气，统统称为 IP。这不是在炒 IP，这是在毁 IP。就算是一部真正的、拥有广泛粉丝群体的、通过了市场检验的小说，在小说这个圈子里，它是一道大餐，但是在影视或游戏圈子里，它仅仅是一种食材。接下来影响它味道的因素很多，剧本改编、导演、演员、服装、化妆、道具、宣传力度、发行平台……其中任何一个环节都可能把戏搞砸了，本来是金，也可能变成铁。这些环节的工作都做好了，本来是铁，也能成金。

IP 真正的价值是什么？对一部作品的选择，不管是制片方还是播出平台，主要依据市场大数据和版权负责人的个人眼光。但是，大数据有滞后性，还有雷同性，你要制作的是一部从购买到改编、从排播到播出的作品，它可能要在三年后才能问世。大数据是个好东西，在很多方面有大用处，可是用在文艺创作上，而且过度依赖它，那就是场灾难。而版权负责人也存在个人审美、喜好、水平的问题，"看走眼"是常有的事。一部有知名度的作品，意味着有相当比例的读者喜欢看它，而这个读者比例近乎观众比例。所以，如果你能尊重原著、好好制作，就有相当大的概率让改编的 IP 受到大量观众的欢迎。我认为这才是 IP 的意义，它是经过了"市场验证"的，更有质量保证的作品。

三、网络文学使创作者的想象力得到了充分发挥

本书作者：在您看来，网络文学的本质是什么？为什么会尤其受到年轻人的欢迎？

月关：用比较贴近的说法来描述，网络文学就是网络时代的通俗文学。互联网技术的发展，网络时代热点问题的融入，促使创作者的想象力得到了充分发挥，而且更易得到年轻人的认可与喜欢，于是网络文学就像雨后春笋，蓬勃"生长"起来。由于它是通俗文学、大众文学，更注重故事性，更接地气，因此自然而然地受到了大众的欢迎。在这一过程中，作者利用网络增强了互动性，也赋予作品一些通俗文学作品（章回体小说、评书等）的特点。比如，节奏更快，情节起伏更大，每章每节都要有些亮点、有个"钩子"，等等。既然它是大众所喜欢的文学，生命力更加旺盛，前景更加广阔，所以也受到了影视、游戏、动漫等相关文化产业的青睐。文化产业的兴旺，进一步推高了它的价值。前几年风靡全球的《五十度灰》，在中国就是火不起来，因为将其放在我们的"女频文"里，是很一般的"霸道总裁文"。韩剧《来自星星的你》里面的"梗"，在网文圈也是早就流行过的老套路了。但我们的产业链不配套，

影视、游戏、动漫都落在后面。现在，从网文创作到影视剧播映的时间差大致是 5—10 年，比如，《琅琊榜》《甄嬛传》都是十几年前的"老文"了。确实如此，目前影视行业与网络文学的对接，其实还是滞后的，有一个急追猛赶的过程。在此过程中，也会进一步促进网络文学的价值提升。

本书作者：从性别上，网络小说分为"男频小说"和"女频小说"。而影视剧中，也有"男频剧"和"女频剧"之分。从目前来看，"男频剧"的改编成功率大不如"女频剧"。对此，请谈谈您的看法。

月关：其实，我们以前看的剧是老少皆宜、男女皆宜的，从《金枝欲孽》《宫心计》等剧大火开始，整个荧屏几乎全被大女主戏占据，也有 10 多年了。任何一种题材类型都会迎来观众的审美疲劳。现在，女性在经济上、家庭里、社会中越来越能发挥重要作用，她们中的很多人也不再满足于只看大女主的情情爱爱、纠结缠绵，而是想看到更多的东西。大女主戏要贴合历史、贴合现实，要在此基础上演绎。当然，也常常会出现这种情况：其骨子里依旧是围绕男人、围绕男权做文章。我觉得，这种状况不会长久。平权意识之下，必然会迎来一些男女平等互动的剧情戏。

本书作者：一部剧最重要的是什么？与大女主、大男主这种类型的划分关系密切吗？

月关：制作一部戏最重要的是"好不好看"，如果刻意划分大女主戏、大男主戏，其实是给自己多套了一层枷锁。如果想演绎一个精彩的故事，里边有一群精彩的人物，那么什么样的剧情出彩就演绎什么样的剧情，不要刻意设计。

当然，大男主戏没有大女主戏受欢迎，还有其他方面的原因。比如选择题材，以网文为例，"男频小说"与"女频小说"先天有着巨大区别，但是影视公司早期对其采买使用了同一手段，早期"女频小说"改编较多，大部分也取得了成功。原因是"女频小说"的任何一种类型都不过是一层外皮，其核心大部分是谈情说爱。这就决定了这些"女频小说"实际上是同一种类型，在它们之中，排名靠前的理所当然是人物好、情节好的作品，买来制作没有问题（这里不谈选角、后期制作等其他影响因素）。

而"男频小说"大不相同，其内容包罗万象，主题也是形形色色，家国天下的、个人奋斗的、权谋的、争霸的、种田的……在这些作品的主题思想中，情爱永远只是其中之一，甚至可以不是主题。

很多影视公司并不了解"男频小说"的这一特点。我觉得，如果是"男频小说"，第一，先看内容，了解其是否具备改编价值。第二，看看具备改编价值的作品能否制作，以及你准备投入的资本能否满足制作要求，这样就又刷掉一批。第三，在改编过程中，编剧应该认真通读全文。一个写了几千万字，始终能赢得读者欢迎的作者，他的作品必有长处，如果只是借一个壳，"原著党"绝不会满意。另外，你选择了一部网络文学作品，却无视它的爽点所在，自己完全重新设计，还得受限于它的故事框架和基本设定，这样也发挥不好。

除了选材上的问题，在改编过程中摇摆不定，试图全方位迎合，也会带来很大的问题。

本书作者："男频"IP 的改编应该抓住的精髓是什么？

月关：比如，要找到"男频"IP 的受众群体。制作方如果选择了一部"男频"作品，就要尊重它的特点，不要摇摆立场，明明买了一部"男频"作品，非要想着去迎合女性，把它改成一部"男性硬核、女性剧情"的故事，其结果是男性观众不会喜欢，而女性观众为什么要看一部这么拧巴的言情剧？她们直接看一部女性剧集就行了。这就把男性观众和女性观众都推开了，两面不讨好。

我们写书的都知道，不管一部作品如何好，它也不可能让所有读者都喜欢，制作影视剧也是一样的。你要有清晰的观众群体定位，在抓住这个基本盘的基础上，再去适量地增加其他元素，而且不能影响主要故事、主要人物，不然只会适得其反。定位不清楚，老是盯着已经播出的故事强行对标，也是造成烂剧频出的原因。

网文中最受欢迎的故事类型在不断地改变，影视剧也是一样的，港剧辉煌时，全是大女主戏吗？美剧、韩剧全是大女主戏吗？同样是港片，僵尸片、枪战片、警匪片、赌术片，都各领风骚，过度开发之后，就泛滥了，必须更换一种类型。网文亦如是，各领风骚的状况一定会出现，只会跟风，势必不得长久。

四、科技的进步必然会对文学形式的变化产生影响

本书作者：我看您有时候会参加相关的网络文学分享会，有时还会去讲课，能否谈一谈您对网络文学发展历程的认识？

月关：我认为网络文学从无到有，大致经历了以下几个阶

段：一是萌芽阶段；二是自由生长阶段；三是野蛮生长阶段；四是渐趋正规阶段。

网络文学是随着互联网的出现而出现的，正如纸张、印刷术的出现一样，必然催生新的文体。网络文学是随着互联网的普及而发展起来的。

我说网络文学的第一阶段是萌芽阶段，是因为互联网刚刚走进平常百姓家的时候，还只是一个文学爱好者自娱自乐的"菜园子"。那个时候，下载一张照片需要半个多小时。有能力上网的人不多，而这其中又只有一小部分人喜欢文学并在 BBS 上畅所欲言，更多的文学爱好者热衷于用离线浏览器迅速上网，快速抓取文字内容下载，然后以离线方式进行阅读。这时互联网虽已出现，但它的即时性、互动性、参与性还体现不出来，至少无法在更广泛的文学爱好者面前体现。在这一阶段，人们在网上发布的作品有抒发情怀的，有感慨生活的，有评价时事新闻的，更多的则表现在自娱自乐上，既没有那么广泛的影响，也罕有连载作品的出现，因为客观科技条件不允许。

到了第二个阶段，网络普及了，ADSL（非对称数字用户线路）出现了，这些技术的应用一下子打破了原有局面。而这时各个文学网站开始出现，长篇连载小说开始出现。在这一时期，靠网络文学吃饭的人仍是凤毛麟角，很多从事这一行业的人也是以兼职为主，以喜好为动力。直到收费阅读模式出现，长期、稳定地进行网络文学创作的人开始出现，网络文学也就从萌芽阶段进入了自由生长阶段。

萌芽阶段约从 1998 年到 2003 年，5 年的时间；自由生长阶段约从 2004 年到 2014 年，10 年的时间。在自由生长阶段，涌现出了大批脍炙人口的好作品。十年磨一剑，最初阅读网络文学作品的主要是年轻人，他们开始步入中年，成为社会中坚力量，网络文学也为踏入主流积蓄了足够大的能量。这一阶段，虽然很多人在网络文学创作中赚了钱，但大家踏入这一行当的初衷仍然是热爱。

从 2014 年开始，IP 兴起，许多大热的电视剧都是改编自网络文学，从而促使影视行业、游戏行业积极关注网络文学并开始与之频繁合作。文化管理部门也排除偏见，开始更积极、更开放地接纳网络文学，它的自由生长获得了巨大成功。

从 2015 年到 2017 年，是网络文学的野蛮生长阶段。赚钱效应吸引了更多的人开始加入这一行业，而网络文学的攀登台阶设在门槛里边，门好进，登高难，这种入门的条件也大开方便之门，为网络文学的发展起到了重要作用。但毋庸讳言，有些人踏入这一行当，完全就是把它当成了一个职业，而没有热爱的初衷。所以在这一阶段，跟风现象比较严重，什么火、什么旺，就有大批的人去模仿、去"借鉴"，网络文学的创新开始受到影响，甚至低俗、烂俗的作品也开始大行其道。

但这一阶段极其短暂，主要得益于四个方面：第一，国家文化管理部门的及时管理，包括几次"净网行动"的强有力开展；第二，文联、作协的积极引导，以及评论家们开始注意到这一新兴文化势力，并开始对其进行研讨、分析、评论；第三，影视、出版行业亦有其要求和审查制度，所以在购买 IP 时开始注重前期的调查和评估，这就促使想让自己的作品遍地开花的作者必须写出具有正能量的、文学价值的作品；第四，一些创作出优秀网络作品的作家获得社会认可，他们的物质收入得到满足后，更加追求精神收入，本能地承担起了更多的责任，自我要求也更高，从而带动更多的人创作雅俗共赏的、有思想价值的文学作品。

目前，我认为网络文学还没有完全步入正轨，但已在很大程度上脱离了野蛮生长、胡乱推销、胡乱购买的阶段；文创产业市场趋于理性，网络文学的创作者们也开始加强自我规范，网络文学已走向健康、长远的发展道路。

本书作者：您曾经提到，网络文学必将成为主流文学的一个重要组成部分，如何理解？

月关：首先，任何一种文学形式，从出现到被广大人民群众接受，是必然要经过被质疑、不理解、排挤，以及了解、接纳、欢迎的过程的。

其次，文学是生活的再现与升华，随着社会发展、生活变迁，文学形式必然发生变化，这是客观规律。

最后，科技的进步对文学形式的变化也必然产生影响。

详细地说，第一，主流文学形式从来就不是一成不变的。先秦有《诗经》，汉有赋，唐有诗，宋有词，元有曲和杂剧，明清有小说。而明清小说和民国小说，现代小说和当代小说，依旧不断演绎变化，虽然都叫小说，其内容和形式始终在变化。现在社会飞速发展，比过去 2000 年的发展还要迅猛，主流文学形式为什么就不能发生变化，出现一种新的文学类型呢？第二，当一个社会普遍的文学形式是赋的时候，诗在出现之初，有没有经历小众时刻、边缘时刻？当诗是文学的主要形式的时候，词的出现，有没有经过小众时刻、边缘时刻？当白话小说出现的时候，它有没有受到质疑、受到批评？历史就是这么轮回、这么前进的。第三，科技力量的影响。当人们只能在龟甲上刻字，在青铜鼎上铸字的时候，不言简意赅能行吗？当竹简出现的时候呢？纸张出现的时候呢？白话文运动如果发生在竹简刻书的年代，绝不可能变革成功，因为技术条件不支持。网络时代，这种更环保、更便利、成本也更低的书写方式出现了，网络文学的诞生也就顺理成章了。至于说良莠难辨、泥沙俱下，其实任何一个时代，任何一种文学形式，都有高下之分，难道一个人写诗的水平低，连对仗工整都做不到，就剥夺他的写诗资格？历史会做出选择，真正存留下来的自然就是从历史大浪中淘出来的金子。

网络文学本就根植于优秀传统文学的丰厚土壤，有着传统文学的基因。我从小也是看传统文学作品长大的。网络文学由于其网络属性，为了更多地吸引读者，确实存在着一些低俗、乱俗的东西。而且它的入行门槛低（实际上它的门槛在门里，入门是没有难度的，但入了门后想要登高，想要成为全国知名的作家，就有1000多级台阶需要爬），这就造成了它的废品率必然要高于现在的主流文学。但是，低门槛的"全民写作"正是网络文学的优势、特点，那么多的废土败叶化为腐泥，能出现脍炙人口的好作品的概率同样会大增。所以，不要总是盯着那些做"分母"的庞大的底层作品，不然网络文学永远成不了主流文学。这个基数虽然庞大，却没什么影响力，你不刻意去找，就无法发现堆集于下的作品。如果能客观地认识网络文学的特殊性，你就会发现，那些有影响力的好作品还是很多的。而要增加精品佳作的比例，不仅需要作者群体的创作水平进步、读者群体的阅读审美水平提高，也需要作协等相关管理部门加强管理与引导。随着网络文学的成熟与发展，创作者们也会更多地吸收传统文学的文学性、思想性、严肃性，并继续保持自己的故事性优势，继而成为我国文化市场中一股不容忽视的力量。

本书作者：您今后对于创作有何规划？

月关：随着年龄渐长，我也经历了创作过程中的各种问题，并由此产生了思考。我对今后的创作思路有自己的判断。现在我的精力与体力已经不能让我保持早年间那样的创作速度，因而我会慢下来，更加追求作品的质量，而不是数量。从选材、立意，到创作过程中的文字运用、情节设计，我会更加精益求精，也会更加注意作品的文学性和思想性。网络文学最初是"草根文学"，自发自由地生长。在这一阶段，它是一个草圃、一个花园，喜欢创作的人悠游其间，喜欢文字的人欣赏于内，规模小而纯粹。文学有偿订阅、付费阅读的出现，大力促进了网络文学的发展，它从一个草圃、一个花园，发展成了一片草原、一片山脉。我有幸见证了它发展的全过程，也参与了它竞争拼搏的全过程。

时至今日，我该收敛心神，不受利益风雨的影响，潜心打磨一些更加优秀的作品，让自己的创作之路走向一个新的高度，直到有一天再也走不动，我便扎根在那里，为后来者继续向上而奠基。

沐清雨

行业文创作要求我必须专业

我经常在中国作家协会举办的各种活动中看到沐清雨的身影，有时候作为组织方成员，我能匆匆与她见一面，寒暄几句。

2021年下半年，沐清雨来北京参加中国作家协会鲁迅文学院举办的"高研班"，我正在做国家广播电视总局的部级课题《网络文学现实题材电视剧改编的主流化、精品化研究》，便约她结课后聊一聊。

2021年3月11日，由沐清雨的网络小说《你是我的城池营垒》改编的同名电视剧在腾讯视频、优酷、爱奇艺同步首播，最高单日播放市场占有率达28.21%，在网络上掀起了收视热潮。两个月后，这部剧登上央视电视剧频道晚间经典剧场，全剧每集平均收视率达0.617%。"央视剧评"称此部电视剧"以大量的篇幅和用心的细节描摹了特警和医生这两个职业的工作艰难与神圣，彰显了当代青年的个人情感特质与使命担当"。

我们的谈话就围绕着行业文展开……

◀ 沐清雨

沐清雨，本名史鑫阳，出生于黑龙江省哈尔滨市。中国作家协会会员，中国作家协会第十次全国代表大会代表，鲁迅文学院学员，黑龙江省作家协会第七届委员会委员、网络文学委员会副主任，"茅盾新人奖·网络文学奖"及"萧红青年文学奖"得主。

出版长篇小说10余部，代表作品有《你是我的城池营垒》《云过天空你过心》《时光若有张不老的脸》《翅膀之末》《渔火已归》等。其中，民航题材作品《翅膀之末》入选"2018年中国网络小说排行榜"；都市养老题材作品《渔火已归》入选中国作家协会网络文学中心"2019年网络文学重点作品扶持选题名单"，获"庆祝中国共产党成立100周年"网络文学主题征文大赛优秀奖；公益助学题材作品《无二无别》入选中国小说学会"2020 年度网络小说排行榜"；军旅题材作品《你是我的城池营垒》入选"中国网络文学影响力榜（2021 年度）·IP影响榜"；民航题材作品《云过天空你过心》入选"中国网络文学影响力榜（2022 年度）·IP 影响榜"。

▲图 1　沐清雨的作品　　　　▲图 2　沐清雨的作品
《你是我的城池营垒》　　　　　《云过天空你过心》

作家自述笔名由来

　　当时我想取一个清爽的名字，给人如沐春风的感觉，但叫"沐清风"似乎太古风了，也太男性化了，于是选了"沐清雨"。

一、舒适圈从未绊住我的脚步，笔直前行才能奔向未来

　　本书作者：您是从哪一年开始网文写作的，总共写了多少部作品？

沐清雨： 我从 2008 年开始网文写作，到现在已经十几年了，一共写了十几部作品，平均一年写一部。我的第一部作品是穿越文，其余的作品都是现代言情题材的。算上再版的作品，到现在已经出版了近 20 本书。

本书作者： 您当初是怎么走上网文写作这条路的？

沐清雨： 接触网文算是机缘巧合。最初是朋友带我入坑"清穿文"的，那时候正值穿越文兴盛的时期，涌现了《步步惊心》《独步天下》这些经典作品。我接触"清穿文"以后就一发不可收拾，几乎把网站上所有"清穿文"都看完了，一边看一边想，如果我来写这本书，会怎么构思安排。

后来"书荒"了，我就在网站上随便翻书看。看着看着，我就会发现，这本书写得太差了，要是我自己来写，也许能写得更好。于是我就动笔了，从一个"无书可追"的读者变成了一个"自力更生"的作者。

我的第一部作品是穿越文，当时也没有做创作准备，脑海里浮现出一个简单的框架后就开始写，没有存稿，写 3000 字就发 3000 字，半年的时间写了 60 万字。我一开始动笔是为了满足自己的表达欲，无书可看就自娱自乐，内心是天不怕地不怕的，写完了就敢往网上发，也经历过读者"毒舌"的批评。有读者留言说："你写穿越文一点儿逻辑都没有。"我当时心想，穿越文哪来的逻辑？《步步惊心》里，女主角的脑电波都摔出来了，它也没有逻辑。

渐渐地，读者多了，我才意识到应该更加认真地对待作品。因为写作不单是为了让自己满足，也要对每一个追书的读者负责，不能随心所欲、信笔胡来。

其实现在回想，创作真是一件特别有乐趣的事情，哪怕有人追在身后骂你，你气得恨不得摔键盘，但是每当想到那些等待着你的读者，想到还有许多人因你的故事而感动，你就会很坚强地写下去。

本书作者： 写完第一部穿越文后，您还创作了哪些作品？

沐清雨： 我从第二部作品开始转向现代文，一直写到现在。

刚开始的时候，我写了三部都市文，然后是"军旅三部曲"——《幸福不脱靶》《若你爱我如初》《你是我的城池营垒》，后来又写了民航题材的《云过天空你过心》《翅膀之末》等。近几年还写了都市养老题材的《渔火已归》、公益助学题材的《无二无别》、公益救援题材的《星火微芒》等。

从"军旅三部曲"开始，我在每本书里都向读者介绍一个新的行业类型，比如，军人、中医、机长、民航管制官、公益救援队队长等。

本书作者： 为什么会选择这么多不同的行业来写？

沐清雨： 因为我不想待在舒适圈里，想要不断地挑战、突破自己。

刚开始我对题材的选择没有概念，写完三本都市题材的作品以后，我对"霸总文"产生了疲倦心理，想写一些有新意的作品，让故事里的虐恋纠葛少一点儿、正能量多一点儿，人物的职业和故事的背景都要接地气，和现实生活贴近。

因为我有一种"军人情结"，所以首先把目光转到了军旅题材。"军旅三部曲"写完后，读者们的反响还不错。但我觉得再重复就没有意思了，于是又想到了创新，去探索新的领域和行业。

在写作的过程中，有读者留言说："你的每部作品"人设"都一样，内容也一般。"对这样的评价，我虽然并不完全同意，但这对我的创作也是一种提醒。创作的时候，我的心里是有一股劲儿的，这股劲儿让我从舒适圈里走出去，不断寻找新题材。我在心里要求自己把素材挖得更深更透、把人物写得更立体饱满，尽可能去还原行业的真实面貌，要超越原来的自己。

近几年，我参加了中国作家协会举办的很多活动，这也是我进行题材转型的契机之一。想要进行精品化创作，就不能埋头书屋、闭门造车，就行业文的写作而言，必须多关注行业发展和社会民生，向作品里注入更多有深度、有力量的内容。近几年，我以都市养老、教育扶贫、公益事业为主题，尝试去反映更多行业生态和社会现象，向现实题材转型，希望每部作品都能发挥出各自的价值。

本书作者：变换写作的题材，从一个行业转到另一个行业，就是一个不断跳出"舒适圈"的过程。在这个过程中，您遇到过困难吗？

沐清雨：在这个过程中，我会遇到很多困难。写作的内容从一个行业跳到另一个行业，这意味着之前学习、积累的一切内容都要从头再来。我要不断地汲取新的知识和素材，才能够确保新的故事言之有物，避免生搬硬套。

一开始，我对这些行业的了解是很浅薄的，仅凭自己的想象去塑造人物不可能有说服力，所以在动笔之前要做充分的准备。要查阅资料、看大部头的专业书、去实地调研采访、和各行业的从业人员对话取经，在这个过程中，我主动放缓了创作的速度。

另外一个困境是读者的流失。创作速度的下降、冷门小众的职业题材，都会"劝退"一部分读者。"专业的职业细节"和"轻松的阅读体验"听起来似乎有点儿矛盾，如何平衡这两个方面，也是我的思考方向。

现实题材成了"冷文"的新标签，曾一度令我陷入创作困境。但是我觉得必须去写，这已经成了一种责任，也是身为作者的良心。走这条路没有捷径，唯有沉下心来做好功课，才有可能沉潜到一个行业的最深处，描绘出它真实的样子。

本书作者：您用了"做好功课"这个比喻，让我想起了习武练艺之人每天坚持的"晨功""晚功"。"做功课"在您的创作中起到什么作用？

沐清雨：在我看来，"做功课"不比"写文"容易，甚至更难。

我现在平均一年创作一本书。一年之中，真正连载更新的时间可能只有三个月，但是其他时间都要用来做功课、调研采访、积累素材，是一个不断为创作做准备的阶段。真正动笔前，我还要考虑清楚怎么挑选取舍、提炼使用素材，不可能把它们全部塞进书里，这个环节也是很考验功底的。

写"军旅三部曲"的时候，因为我弟弟曾经当过两年义务兵——在某坦克旅服役，所以我就向他了解关于部队训练生活的情况。之后，我又找到了两位军嫂，她们给我提供了很多素材，让我对部队的建制、军衔这些专业知识有了系统的了解，这样才能比较顺利地完成"军旅三部曲"的写作。

2015年末，我准备写《云过天空你过心》，那是我的第一部民航题材的小说。从军旅跨越到民航，又是全新的领域，涉及的专业知识更深、更繁杂，稍不留神就会出错，所以我在动笔前更加慎重。我先是请朋友牵线采访了南航的一位机长，又联系到珠海中航飞行学校的两位朋友，向他们了解了很多专业知识以后才敢动笔。在写作过程中，我也经常向几位"飞行顾问"求教。

在创作另一部民航题材的作品《翅膀之末》前，我到国航浙江分公司进行了为期一周的实地调研，参观了飞行指挥中心，采访了黑龙江空管分局的工作人员、梧州基地塔台的管制老师，学习了管制职业的基础知识。实地调研以后，我才知道管制员的执照分类是不同的，席位也有明确区分，这些都对塑造南庭这位"空管中心的管制之花"有很大帮助。

"做功课"也许就像习武之人练功一样，坚持下去虽不一定能练就神功，但偷懒的人却一定会无功而返。它是创作的必经之路，不能省略，我觉得多投入些精力很值得。

二、影视改编：我是故事的开篇，剧组给予了
故事全部的生命

本书作者：2021 年 3 月，《你是我的城池营垒》在网络首播，后来又在央视电视剧频道多次上星重播，取得了优异的收视成绩。原著小说是什么时候卖出影视版权的？

沐清雨：这本书的影视版权是 2016 年卖出去的，到 2021 年播出时正好 5 年。2016 年，韩国电视剧《太阳的后裔》热播，军旅题材作品的热度比以前有所上涨。国内的影视方也想要找一部军旅题材的作品，经过别人介绍就找到我了。

本书作者：版权交易都经过了哪些流程？

沐清雨：一开始的时候，影视方会根据需求寻找作品，从同类作品中筛选，评估故事内容，考察作品有没有影视改编的潜力。得出结果以后，如果通过了，就向下一步推进；如果不通过，就意味着合作终止了。在整个流程中，最重要的就是内容评估，只有通过评估，才能有后续的洽谈。下一步是商谈报价，分为版权在网站和在作者手里两种情况。当时作品的版权在我自己手里，所以是我自己和影视方谈的。双方沟通达成一致以后，就可以进入签合同的环节了，流程比较简单。但是影视行业的变化是很快的，有的时候，合同已经推进到签字盖章这一步了，合作却突然终止了，我也经历过这样的情况。

在谈《你是我的城池营垒》这本书时，我和影视方沟通得很顺畅，合同几乎是一天之内就通过了。当时我提了一个要求，希望他们能把项目做下去，3 年内完成剧本，然后尽快开机。

本书作者：当时为什么会提这样一个要求，电视剧怎么 5年后才播出？

沐清雨：因为我以前遇到过版权卖出去了，但影视剧没播出的情况。作为作者，既然小说版权已经售出，我也希望它能够通过搬上荧屏的方式和更多观众见面，所以当时提了这个要求，希望改编进展得顺顺利利。

电视剧之所以在 5 年以后才播出，也是因为军旅题材的改编难度大。一开始，剧本是按照原著的军旅背景写的，但是因为种种现实问题，没办法推进，我只好把原来的版本推翻，决定以特警部队为故事背景。编剧团队在北京、南京的医院进行实地调研，又前往南京龙虎突击队七里河训练基地体验生活，从而调整故事情节和角色设定，花费了很多精力和时间，所以剧本写得相对慢一些。

本书作者：您参与《你是我的城池营垒》的剧本改编了吗？

沐清雨：我没有参与。但在改编过程中，影视方经常和我沟通，会把写完的前10集的剧本给我看，主动告诉我工作的进度，在选演员方面也会参考我的意见。我和影视方相互尊重，他们会考虑我的意见，我也尊重他们的改编，很少提出异议。

本书作者：对于最近热议的"原著作者编审权"，您持什么态度？

沐清雨：未来如果有合适的机会，我也愿意尝试自己操刀写剧本，体验一次做编剧的感觉，但我的创作重心还是会放在小说上。因为我觉得编剧在很多时候不能完全按照自己的思路写，还要考虑影视方和观众的需要。而小说是完全能够由自己把握的，我想写什么就写什么，自主权就在自己手里。

在《你是我的城池营垒》的改编过程中，影视方很尊重我的意见，我们之间交流顺畅，最后改编的效果也很好。但并不是所有影视项目都能把每个方面的意见一一考虑到，尤其是制作级别很高的项目，在改编制作的过程中，会受到导演、演员等很多因素的影响，要综合考虑各个方面的意见，这个时候，原著作者的意见可能就得不到一定的重视了。版权卖出去以后，并不是所有作者都有很大的发言权。有的作者可能连作品开拍了都不知道，这是很普遍的现象。

我觉得大部分作者都没有参与自己作品的影视改编。有的作者愿意转成编剧，也有的作者不愿意。如果参与改编，作者有可能是以"剧本医生"或"文学策划"的身份参与剧本会，提供一些意见；也有可能直接担任主笔参与编剧；还有一种形式，比如，我没有写过剧本，如果要参与改编，就会和成熟的专业编剧合作，把剧本改出来。

有的影视方愿意让原著作者参与改编，也有的影视方不愿意，他们认为作者会过度地保护原著，在这个过程中，双方就可能产生一些矛盾和交锋。

本书作者：您觉得《你是我的城池营垒》改编得怎么样，能打多少分？

沐清雨：改得挺好的，但是改动也挺大的。

起初，我觉得演员是不符合小说人物的形象的。小说里的邢克垒比剧里更"痞"一点儿，性格更加外放，但是拍成电视剧的时候，就要适当调整，因为他代表着特警队员的形象。在塑造邢克垒时，考虑到人物的军衔，我给他的定位是更加成熟的，将近 30 岁，不像剧中那么年轻，我觉得书里的"人设"要更可爱一些。改编以后，演员呈现出的青涩、真诚、带着"憨憨劲儿"的人物形象也很好，更像是年少时的邢克垒。

说实话，一开始我没有抱很大的期待，追剧以后才发现和我想象的不同，两位演员的演绎很出色，他们就像是邢克垒和米佧本人。

如果要给改编打分，应该在 80 分以上。扣了一些分数，是因为改动太大了，有点儿遗憾，我觉得小说里有许多台词和对手戏都是很好的，也是可以用在剧里的。

本书作者：当时看到改动这么大的时候，是什么感受？

沐清雨：看到剧本的时候，我正好在鲁迅文学院参加学习，梁振华老师为我们授课。那个时候，梁振华老师说过："你对小说有一层理解，别人对小说有另外一层理解，所以在改编的时候，肯定不能完全按照你的意愿去做。"

当时，我觉得剧本的改动很大，所以上课的时候特意问了梁老师一个问题："我不太理解影视方把版权买走了，却不用书里的内容，反而像是重写了一个故事，那么买版权的意义是什么呢？"

梁老师对我说："一部影视剧中，有编剧的理解，有导演的理解，有影视方的理解，这些东西杂糅在一起，可能已经是另外一个东西了。但是你的原著永远都是你的原著，任何改编都不会伤害你的原著。"

我听完以后就决定接受改编，尊重影视方的决定，因为他们为电视剧付出了很多投资，也承担了更大的风险。一部作品从改编、拍摄、制作，到最终和观众见面，这不是一个人的事，也不是一个人能够完成的事。我是故事的开篇，而剧组给予了故事全部的生命，是大家共同付出了努力和心血，才能把作品搬上荧屏。最终改编顺利完成，就是给小说的一个最好的交代了。

本书作者：您其他作品的影视版权是什么情况？

沐清雨："军旅三部曲"中，《你是我的城池营垒》和《幸福不脱靶》都售出了影视版权。《你是我的城池营垒》的影视版权是 2016 年售出的，《幸福不脱靶》的影视版权售出比较早，第一次售出是 2012 年，5 年以后版权到期了，影视方还没有做出来，所以等版权到期以后我又收回来第二次售出，目前还在改编当中。"军旅三部曲"中的《若你爱我如初》目前还没有售出版权，因为女主角是刑警、男主角是军人，改编的难度更大一些。

2016 年，我写了民航题材的《云过天空你过心》，故事是讲一个民航女机长的成长故事，同年也售出了影视版权。电视剧由王凯和谭松韵主演，剧名叫《向风而行》。

未来有机会，我也希望有更多作品走上荧屏。任何故事都有结局，但以文字、影音呈现出的故事，是隽永的。通过影视的影响力，邢克垒和米伽的故事、顾南亭和程潇的故事会留在更多观众和读者的心里，这是我最大的满足和幸福。

三、我和读者是"相互宠爱、双向奔赴"的关系

本书作者：网络文学的特质之一是互动性。作者更新内容后，很快就能收到读者的反馈，双方在留言区对话互动，彼此的距离被前所未有地拉近。读者不但是作品的"书迷"，往往也是作者的"粉丝"。很多人说您是一个极其"宠粉"的作者，您和读者之间是一种什么关系？

沐清雨：我们之间是"相互宠爱、双向奔赴"的关系。

我的读者很包容我，不会给我提很多要求，连催更都是温柔的。有时我在连载的过程中请假，他们会问："沐沐，请一天假够吗？我们可以等，你多休息两天。"

我的书出版以后，有些读者会一口气买 10 册。我和他们说："别买那么多，买了不是浪费吗？"但是读者会说："这是买来收藏的，我们就要支持我们的作者。"

有一次，我看到一位读者发的图片，她收藏的我的作品几

乎铺满了一间屋子，配的文字是"我们一起走过的那些年"。还有读者写过一篇题为《我们走过的2021》的文章，详细记录了2021年我在创作中的重要节点和大事记，当时我觉得这篇文章像是我的年度总结，而他们记得甚至比我还要清楚。

在这里，我也想对读者朋友说："我成为作者已经十几年了，如果我用最好的青春写下的故事点缀并陪伴了你们的青春，那是我最大的荣幸。未来，被你们宠着的我也要继续努力给你们宠爱！"

本书作者： 您创作之初主要是为了自娱自乐，"没想过会积累读者，也没想过参与付费订阅"，后来作品从免费转为 VIP 付费订阅，在这个过程中，您的心态是否有变化，读者会不会流失？

沐清雨： 心态是有变化的。

我刚开始写作的时候，纯粹是想满足自己的表达欲望，没有考虑收费的问题，有读者我就很开心。后来，我的第一部小说写到 10 万多字的时候，编辑来找我，告诉我小说的数据已经满足了签约 VIP 的标准，签约以后就可以付费阅读了。当时我没有答应，我觉得一旦收费，读者肯定不愿意，他们会觉得书都追到一半了，突然要收费，没办法接受，可能会直接弃文。我不想流失任何一位读者，有人看我的作品就行，我不用赚钱。

但是编辑告诉我，如果不签约 VIP，小说就很难得到推荐了。网络作家最怕的就是不推荐，这意味着没有新读者，书的成绩也就止步于此了。那个时候，付费阅读起步没多久，正在大面积推广，编辑也会做我们这些网络作家的工作，告诉我们付费阅读是今后的大趋势。最后，我就"入 V"了。

刚"入V"的时候，我特别卑微，恨不得写1000字的小作文向读者道歉。有的读者表示理解，也有的读者会说："你既然要收费，为什么不在一开始的时候就讲清楚，这样我们就不追了。"当时我内心是很忐忑的，后来坚持写下去，读者也就渐渐接受了。"入V"以后，我的读者基本没有流失，而且作品经过推荐，热度继续上涨，被更多新读者发现了。我很感谢留下的读者，很多人一直陪我走到了现在。

本书作者：平时会看读者的留言吗？

沐清雨：会看。一开始我会回复每一条留言，哪怕只回复一个"谢谢"，我每天回复留言就要用两三个小时，这段时间写得快的作者可能已经写了三四千字。我把娱乐的时间腾出来"码字"、读评论，除此之外什么都不做。我不逛街，也不去见朋友，每天要把所有评论都回复完才睡觉。现在书评区的评论太多了，我实在是回复不过来了。

本书作者：我在小说《翅膀之末》的书评区看到了这样的留言，"作者是在机场工作吧，专业知识太强了""这本书的职业刻画成熟、符合实际，对得起那么多在岗位上默默付出的民航人"，让人印象很深刻。您有没有记忆犹新的读者留言？

沐清雨：很多读者的留言都让我难忘。曾经有读者发私信跟我"报喜"说，看完了"军旅三部曲"以后，他考进了军校的指挥专业，将来会成为一名军官。等我从军旅题材转向民航题材后，又有读者说，她通过读我的小说了解了民航业，小说中那些"民航人"的职业精神让她很感动。现在她再遇到航班延误，已经能够做到心平气和了。因为她知道，延误是出于飞行安全的考虑，是对旅客负责的表现。

还有一位读者给我的小说《星火微芒》写了长达千字的评价，她希望自己像小说中的女主角一样，"心中有一个为之坚持的梦想，带着自己的初心，不断拓宽自己事业的领域，在自己的专业里做闪闪发光的女王"。他们的留言都让我深感触动，也就是在那些瞬间，我意识到，自己的小说确实对读者产生了影响，我必须在创作时加倍认真、提高品质，才能让故事发挥正向的力量，回报每位读者对我的信任。

本书作者：从事网文写作前，您在做什么工作？

沐清雨：我以前是在企业做财务工作的。2008 年，我开始利用业余时间写网文，一直持续到 2015 年，这期间的作品都是我在下班后挤时间写的。

每天下班吃完晚饭后，我就开始写，一直写到半夜，没有在午夜 12 点以前睡过觉，第二天早上 6 点起来正常上班，晚上的时间都用在写稿子上，家里的其他事情根本顾不上。那时我对自己很严格，即便没有存稿，每天也坚持更新作品，从不间断，否则会让读者的期待落空，我不想让他们失望。

"白天工作，晚上写作"的直接后果就是要经常熬夜，而且工作忙的时候会和写作产生冲突。2015 年，我最终决定辞掉工作全职写作。当时，我的家人是强烈反对的，但我最终还是顶住压力，坚持自己的决定：哪怕有风险，哪怕家人不理解，我也要选择写作。

本书作者：相比于 2015 年以前的"兼职写作"，成为全职作家后，您在创作上有哪些新的变化？

沐清雨：在速度方面没有很大变化，写作频率还是一年一部，但创作质量比以前高，写作时也更专注、更用心了。我刚开始写作的时候天马行空，没有任何准备，从来不写大纲、不写简介，也没有提前搭建人物图，需要一个什么样的人物，我就随时拉出来写。

现在时间充裕了，我能比较系统地把前期工作做完，理出细纲，顺好逻辑，然后再动笔。和以前相比，我能感觉到自己在故事逻辑、文笔方面都有明显的提高。所以，我现在不会推荐别人去看自己早期的作品，而是会让他们看我近两年的作品，因为这最能体现我当前的创作水平。

现在，我在写一部小说之前，需要花小半年的时间构思、准备。其他时间，我除了写稿就是改稿，作品出版前我都要仔细修改，还会增加一些新的内容。我希望通过认真打磨，能让故事尽善尽美，以最好的面貌交到读者手里。

本书作者：您作品的网络成绩现在怎么样？

沐清雨：网络成绩一直比较稳定，读者对我的包容，让我可以不断去尝试新题材，往精品化的方向转型。但与此同时，我的作品里没有成绩特别"爆"的。2021 年 3 月，在电视剧《你是我的城池营垒》播出的同时，原著小说也登上了网站的"频道金榜"，圆了我的"金榜梦"。以后有机会，我希望自己写的现实题材行业文也能出一部"爆款"，让更多人认识那些值得尊敬的职业。

我的创作风格和现在"金榜"上的作品有一定的差别。有些作品的风格是富有青春气息的，故事背景一般是校园生活，书中的少男少女们青涩又纯真，他们的故事会让大家觉得"我也有过这样的经历"，产生有关青春的共鸣和感怀。而我在一开始写作的时候，对人物的定位就是偏成熟的，男主角 30 岁左右，女主角 25 岁左右，故事以社会生活为背景，内容主要是主角在社会、职场中的成长和恋爱。到目前为止，我还没有写过校园背景的作品。

本书作者：您曾在采访中说过自己更擅长写"虐文"，但纵观您这些年的作品，似乎幸福美满的结局占大多数。为什么坚持写"甜"不写"虐"？

沐清雨：因为我希望作品能带给读者更多的"正能量"。生活总是有起有落，没有一帆风顺的人生。人们在追求理想的路上，常常遇到艰难险阻，在这种时刻，我希望通过温暖治愈的故事，驱散灰暗压抑的乌云，给予读者走出低谷的力量。哪怕一路前行已经让你满身疲惫，但内心深处仍然要坚信正义与温暖、光明与希望。我想用故事告诉读者，保持乐观、心向暖阳，别说人间不值得，每一个你都值得被坚定地选择。

四、理想的光照进现实，平凡生活也有星火微芒

本书作者：您近几年的创作以现实题材的作品为主，能否介绍一下？

沐清雨：2019 年，我创作了《渔火已归》，作品讲述了俞火在中医方面不断探索，与邢唐共同推进木家村"医养结合养老示范项目"建设的故事，故事聚焦中医和养老话题，主角俞火和邢唐都是平凡英雄的缩影。这本书入选了中国作家协会的重点扶持项目。

2020 年，我创作了《无二无别》，作品中的两位主角分别是记者和中医师，故事还涉及教育扶贫，希望能传递给读者一

种"善念不息，善行不止，让公益薪火相传"的理念。

2021年，我创作了《星火微芒》，这是民间公益救援题材的作品，书名来源于书中的"星火救援队"，原型是现实中的蓝天救援队。我当时采访了消防工作者和蓝天救援队队员，两位采访对象正好是一对情侣，他们提供的素材在作品中发挥了很大的作用。我写这部作品的初衷是让更多人了解民间公益救援组织，感受救援人"聚沙成塔，星火燎原"的大爱，希望能给更多读者带来触动。

本书作者：您是从单纯的言情题材逐渐转型到现实题材的，就您个人的经历而言，怎样看待网络文学现实题材的创作潮流？

沐清雨：我认为这是网络文学高质量发展的重要信号。网络文学从诞生之初就处于自发生长的状态，作品质量参差不齐，套路化的作品多，思想深刻、艺术价值高超的作品少。当前，网络文学的发展到了关键阶段，如果我们想在现有基础上有所突破，就必须转型升级、实现超越，现实题材创作潮流就是这种转型发展的重要信号。

与此同时，作为创作者，随着我们年龄、阅历的不断增长，也势必面临转型的考验，未来的创作道路如何，每个人的答案都不尽相同，但有一点是一致的，就是向着精品化的方向努力，写更有深度和文学价值的作品。现实题材的创作潮流反映了大家在转型过程中的努力和探索，是很多作者不约而同的选择。

从现实题材本身而言，这个题材需要我们去写，也值得去写。现实生活是平凡的，但平凡中也有温暖的光。每个人都是生活的主角，他们用心生活、认真工作，时刻发散着微小却弥足珍贵的善意，是生活中的无名英雄。把他们的故事写进书里，既是一种记录，也是对这些"无私守护者"的赞美和鼓舞。

当然，并非加入现实元素就是合格的现实题材作品，重要的是让作品能够反映生活的某种本质特征，反映当代人的整体精神风貌，让读者感同身受，也能在自己的生活和精神上受益。一言以蔽之，要让读者相信你所书写的现实，这是对创作能力的极大考验。

近几年，我参加了中国作家协会举办的各类活动，收获了很多方向性的指导，对现实题材的创作体会也更加深入，有机会的话，我觉得每位作者都应该多多参与。平时我们都很"宅"，在家闭门创作，埋头写天马行空的故事，缺乏对现实的了解，也就很少会考虑现实题材的创作。未来有条件的话，应该多出去走走，看到"天下之大"，方觉"书斋之小"，也许在游历中能够有意外的收获和启示。

本书作者：在您看来，怎样算是一部好的现实题材作品？

沐清雨：就我个人而言，是能够跟时代接轨的作品。现实题材有很多分支，就像《大江大河》，表现的是改革开放的那段历史，气势激荡，扣人心弦，当然也是非常优秀的作品。但从我自己写作的角度出发，可能更倾向于写发生在当下的故事，而不是以前的历史，因为我自己没有亲历过。同样是做功课的话，我更想去写这个时代背景下的故事，对我来说，现实题材行业文就是其中最好的选择。

每个人这一辈子能深度接触两三个行业就算很多了，有的人可能一直深耕在一个行业，对其他行业的了解是很少的，甚至会不经意间就给某个行业贴上一个刻板的标签。我希望通过写作，带领大家走进故事，代入主人公的视角，亲身去观察、体验这些在人们看来或"高大上"或"习以为常"的行业，从而打破偏见和隔膜，看到这些行业真实的一面。

本书作者： 电视剧《你是我的城池营垒》在 2021 年播出，由《云过天空你过心》改编的电视剧《向风而行》在 2022 年播出，您的作品在影视改编方面的成绩很亮眼。在您看来，什么样的作品更容易被影视方青睐？对新人作者有哪些建议？

沐清雨： 最重要的一点是在内容上一定要专业。即便有些读者可能对于书里的专业知识不是特别感兴趣，更想看主角甜甜的恋爱，但我觉得作为作者，还是要写该写的东西，因为专业、严谨的职业刻画，既是主角打动读者的闪光点，也是行业文能够生动鲜活的重要原因。作为作者，在创作前积淀了多少功底，在创作时付出了多少心血，其实是能够从作品中的专业知识上体现出来的。原著本身具有的专业性对改编也是一种帮助，所以行业文在创作之初就要格外关注作品的专业性。

另外，"创新"也是创作中必不可少的关键词。同样是写现实生活、行业故事，千篇一律的内容是没有意义的，必须要有鲜活的、生动的新内容，才能给人眼前一亮的感觉。影视方也喜欢创新的作品，要求故事里要有扎根当下的、新鲜的东西，而不是陈腐的套路。

虽然"创新"这个词听起来好像很大，也很难，但并没有要求我们一定要做很大的突破。一部作品只要有一个小创意和同类作品不一样，可能就会脱颖而出。

创作《幸福不脱靶》之初，我就决定写一个和时下流行套路不一样的小说。《幸福不脱靶》讲的是侦察营营长和大学辅导员之间的恋爱故事，女主角是踏入职场不久的大学辅导员，男主角是坚毅成熟的军人，对女主角既深情又包容。两个人相互激励、并肩前行，从头甜到尾，没有任何曲折分手、相互折磨的"狗血"套路，就是一个单纯的"两个人一起努力经营感情、收获幸福"的故事。

《幸福不脱靶》是我的军旅题材代表作，在"军旅三部曲"中的影响力是最大的。现在很多人见到我时还会说，我是通过《幸福不脱靶》认识你的。书里男主角的原型是现实中一位真正的军人，他是部队里的团参谋长，《幸福不脱靶》这个书名还是他和我一起想的。很巧的是，谈这部作品版权的时候，影视方里正好有人当过兵，一看到《幸福不脱靶》这个名字，就知道是军旅题材的，内心很有触动，最终就把版权买下来了。

本书作者：2021年底，您参加了鲁迅文学院举办的中青年作家高级研讨班，有哪些感受？

沐清雨：最大的收获是开拓了思路和视野。

刚开始创作时，我懵懵懂懂的，写作虽纯粹，却缺乏思考，没有仔细想过作品的思想性和文学性这类严肃的问题。后来，我参加了中国作家协会举办的系列活动，找到了新的创作目标——现实题材。在创作实践中，我也渐渐意识到，现实题材正是网络文学精品化发展的一个重要方向。

来到鲁迅文学院后，我又进一步坚定了自己的想法。作为一个网络文学作者，我平时接触政治课的机会不多，直到来到鲁迅文学院，才有机会聆听了很多相关课程，并系统学习了习近平总书记关于文艺工作的系列重要论述。

学习期间，恰逢中国作家协会第十次全国代表大会在京召开，我作为黑龙江的作家代表参加大会，在人民大会堂近距离聆听了习近平总书记的重要讲话，内心备受鼓舞。这次宝贵的学习经历也让我对未来的创作方向有了新的认知与规划。

在这次高级研讨班上，我认识了来自天南海北的新同学，他们中有诗人、有散文家、有小说家，创作的题材风格各有千秋。大家相互交流取经，我也在这难得的"同窗"生涯中收获了很多启发。原来我的创作视野是比较单一的，目光只停留在小说这一个领域，经过和同学们的交流，我意识到，诗歌、散文这些其他体裁的作品也有许多可供学习、借鉴的优点，未来我在创作中更应打开视野，拓宽阅读面，积极接纳新的事物，让自己的创作更上一个台阶。

本书作者：将来有哪些规划？

沐清雨：现在的计划是写新书，保持一年写一部的状态。新书也不是随便就能写的，要先调研、构思大纲、写人物，前期准备工作做好以后，再用三个月左右的时间进行网络连载。那三个月是我最需要集中精力、全神贯注的阶段，一切活动都要为创作让路。

我的新书有可能回归军旅题材，电视剧《你是我的城池营垒》播出以后，反响还可以，所以编辑们都希望我再写一本军旅题材作品。但我觉得再次回归也许比当时写起来更难。因为数年过去，现在的部队生活有很多新的变化，读者的喜好也与以前不同，这些都需要在下笔时做到与时俱进。如果真的决定要写，我希望自己给读者带来新的东西，而不是让他们觉得没有以前写得好，所以再回到军旅题材对我而言也是一种全新的挑战。

在前几年的创作中，我考虑到网络读者的喜好，创作时还是言情的内容占比大，现实的内容占比少，作品更像是"半现实题材"。如果我想向现实题材继续转型的话，功课要做得更加细致，对题材的选择也要更慎重。所以，今后在创作速度方面，我会适当放慢。

未来我想把行业文写作坚持到底。以前收集的素材，比如中医、民间公益救援，还有很多内容没用到，足够再写几部同题材的作品，但我不想重复，还有那么多行业等待我去发掘，身为一个作者，我要做的就是继续向前走。前行路上，行业故事就是经度，现实精神则是纬度，经纬交织后，就能看得更深、望得更远。有了这样的罗盘，无论选择怎样的道路，我都不会迷失方向。

我会修空调

所有的恐怖惊悚都只是为了衬托人性的光辉

◱ **题 记** ···◦

我第一次见到我会修空调，是在北京宽沟的培训中心。他是"网络文学青年创作骨干培训班"的学员，个头不高，瘦瘦小小，不爱说话，有点儿腼腆。

除了爱穿深色衣服，你很难把我会修空调与他笔下的人物、情节联系起来。

几个月后，他作为"新人榜"入围作家参加中国作家协会在深圳举办的"中国网络文学影响力榜"评选活动，我是发布仪式的总导演。他最终并未上榜，但我也并未看出他的失望神情。

生活，喜怒不形于色，也许，他是把它们都藏入了作品中？

种种谜案、民俗异事、未来科技的狂想、现实和梦境的交织，他构造出一个个离奇曲折的故事。

平凡人在面对困难和未知时不屈服，双眼永远能看到光亮，能给身边人带来力量，也能治愈过去的伤痕……他描绘了不同人物的救赎之旅。

接下来，让我们走近我会修空调。

我会修空调

　　我会修空调，原名高鼎文，1993 年出生，河南焦作人。中国作家协会会员，河南省作家协会成员，悬疑类网络文学作家。入围"中国网络文学影响力榜（2021 年度）·新人榜"。

　　代表作品有《我有一座冒险屋》《我的治愈系游戏》。其中，《我的治愈系游戏》获"第 34 届银河奖·最佳原创图书奖"。

▲ 图 1　我会修空调的作品《我的治愈系游戏》

作家自述笔名由来

"我会修空调"这名字有两个含义：第一，我是写悬疑小说的，想要写出那种让人看完后背一凉的感觉，从而可以取代空调的制冷作用，所以叫"我会修空调"；第二，我以前从事的工作是制作空调内部的各种铜管，也算是和空调有关。

一、悬疑小说更多的是思考罪与罚、善与恶、生与死，每次剧情上的冲突都是一次对人性的拷问

本书作者：您从什么时候开始接触文学作品？喜欢什么样的文学作品？

我会修空调：我上小学的时候，父母喜欢购买杂志，印象比较深的是《读者》《故事会》和一些微小说。那些故事对我来说非常有吸引力，激发了我的好奇心，应该是我最早接触的文学作品。那时候，我最喜欢的就是短篇小说，篇幅不长，但是能带给人不一样的触动或感动，其中还有反转和很精妙的情节设计，让我很深切地感受到了文字的魅力。

本书作者：您刚才说的基本上是小说出版物，那您是从什么时候开始接触网络文学的？接触的第一部网络文学作品是什么？

我会修空调：好像是 2004 年左右，我看的第一部网络文学

作品是树下野狐的《搜神记》，是东方奇幻题材，讲的是上古神话。这本书当时让我感到非常震撼，完全把我带入了一个奇幻宏大的神话世界，而且写得很浪漫，读起来像诗一样。现在回想起来，我已经不太记得故事内容了，只记得阅读时的感受。我完全沉浸在书中的世界，跟随主角经历各种各样的事情，想象力被充分调动，那种体验是玩游戏、看电视等都无法带来的。

本书作者：您由此喜欢上了网络文学，那您最喜欢读哪位作家的作品？是喜欢单一类型的还是多种类型呢？到目前为止，阅读了多少传统文学作品及网络文学作品？

我会修空调：具体读了多少本文学作品，我自己也不记得了。休闲的时间，我基本上在看小说，所有类型都看，都市、玄幻、科幻、悬疑、游戏、现实等。至于网络文学，我喜欢过很多作者，比如我吃西红柿，看他的小说很畅快，有种酣畅淋漓的感觉。还有辰东，他的文字大气磅礴，有时候读着读着都会拍大腿。我可以算是看完他们的书后，才开始尝试写作的。当代作家中，对我影响最大的是史铁生，很小的时候我看过他的一篇小说——《命若琴弦》，那是一个很悲伤的故事，但读完之后，却又给人一种走向阳光和更远处的力量。后来我读了他的其他书，感觉就像是在听一位长者讲述绝望和希望，以及每个人赋予自己的人生意义等。

本书作者：您什么时候萌生了自己要敲键盘写小说，开始创作网络文学作品的想法？

我会修空调：我第一次创作网络文学作品是在 2012 年左右，写的是科幻题材，讲的是在星际旅行实现的时候，有一个人被丢在了垃圾星球上。现在回头看，我感觉那个时候的文笔很稚嫩，剧情平淡且没有太大起伏，不懂得把控节奏，情节也不吸引人，就好像朗读诗歌时，不是声情并茂地朗诵，而是像没有感情的机器人那样在逐字逐句地复读。

本书作者：您后来的创作之路顺利吗？现在已经连载了几部小说作品？都是什么内容？

我会修空调：2012 年，我在纵横中文网发表了第一篇小说，是科幻题材的。当时我刚高考完，写着练笔，也没有签约。后来，我在创世中文网签约了小说《我就一丧尸》，是科幻末日题材，讲述男主角感染病毒成了丧尸，他在末世中求生，想要找回真正自我的故事。这本书有 90 多万字，均订量为 400，虽然没挣到钱，但让我学习了很多东西，包括写作技巧和写网络文学作品时要注意的种种事项等。有了前两本书打基础，很快我就创作了第三本书《超级惊悚直播》。这本书发表在磨铁中文网，是悬疑类作品，结合了命理学和各种风俗习惯，融合了当时比较火的直播元素，故事讲的是男主角被迫每晚要去城市的某些地方直播，他意外撞破了某些案件，一步步调查深入，最终揪出真凶。这本书的内核就是不屈服于命运，不畏惧困难，趁着年轻要去改变。

第四本书《我有一座冒险屋》发表在起点中文网，算是我现阶段比较满意的一本书，是悬疑类作品，讲的是男主角继承了失踪父母留下的冒险屋，无奈生意萧条，但他在整理冒险屋时意外发现的手机却改变了这一切——只要完成手机每日布置的不同难度的任务，冒险屋就能得到修缮甚至扩建。于是，男主角开始在各大禁地探险取材，将其中的场景元素纳入自己的冒险屋中。随着前来参观的游客越来越多，冒险屋也一举成名。

虽然任务带来的好处越来越多，但其中的隐患也慢慢显现，甚至连父母失踪的线索似乎也藏匿其中。这本书其实讲的是救赎别人以及被别人救赎的故事。

第五本书《我的治愈系游戏》依旧是悬疑类作品，发表在起点中文网。这本书主要讲的是在未来的某一时间，虚拟游戏和现实结合，人们开发出了一款可以完全沉浸其中的模拟人生游戏，大部分玩家选择的都是正常人的幸福生活，唯有男主角因为某些原因，开始体验那些最令人感到绝望痛苦的生活。这本书的内核是让人在最深的绝望当中遇到最美的意外。

本书作者：第四、第五本书在平台上的成绩都是很不错的。从某种意义上来说，是这两本悬疑小说奠定了您的地位，大家开始称呼您为"悬疑小说家"。您创作的作品类型化特点比较明显，属于悬疑惊悚类网络文学作品，您为何钟情此类题材？

我会修空调：如您所说，我很幸运，《我有一座冒险屋》《我的治愈系游戏》都取得了很好的成绩。其实，我并不擅长创作悬疑小说，而是喜欢这个类型的作品。从市场上来说，悬疑小说先天带有刺激性和观赏性，本身可以很容易地吸引读者，让他们满足好奇心，获得感官上的刺激。好的悬疑小说可以让人沉浸其中，也可以让人在获得感官刺激的同时，产生更深刻的思考。

跟其他类型的小说不同，悬疑小说更多的是思考罪与罚、善与恶、生与死，每次剧情上的冲突都是一次对人性的拷问。

我创作悬疑小说最根本的目的不是告诉大家人有多么坏、这件事有多么糟糕，而是让大家对美好的品格产生一种向往，珍惜来之不易的幸福，即使有一天被黑暗笼罩，也愿意举起手中的灯火，为自己、为同行的人照亮前行的道路。

二、所有的恐怖惊悚都只是为了衬托人性的光辉

本书作者：那您认为悬疑惊悚类网络文学作品与其他类型的网络文学作品相比，优势是什么，劣势是什么？

我会修空调：先说优势。好奇、对未知的探索，这是人的本性。悬疑小说在这方面拥有得天独厚的优势——对各类未知事物的好奇；凶手隐藏在身边，争分夺秒生死缉凶的惊险；违背常理无法解释的种种异象；数不清的让人既害怕又想听的都市怪谈等，这些都是能够吸引读者的地方。一道题做了一半，谁都想知道后面的答案。不断地设置悬念，层层递进，读者黏性会非常强。

本书作者：作品中也会牵扯一些不公和社会的阴暗面，这算是优势还是劣势呢？

我会修空调：的确，我把这一点也归结到悬疑小说的优势当中，这些对人性的思考能让故事内容更加饱满。

本书作者：劣势是什么？

我会修空调：至于劣势也很明显，大部分读者看小说就是为了放松，不能接受太沉闷的推理故事、太恐怖惊悚的故事，这一点就需要我们去改变。另外，优秀的传统悬疑小说具有严密的科学逻辑推理，包含数学、物理、化学、解剖学、犯罪心理学等知识，它的剧情和推理建立在科学的基础上，层层设置的悬念，丝丝入扣的推理，需要沉浸其中，不断地思考，是读者和作者的一场较量。但对于网络文学作品来说，这样的写法

有点儿不现实。网络文学作品需要每日更新，不断抛出新的冲突和剧情，调动读者追更的积极性，让读者在阅读的过程中感到兴奋。这种兴奋不单指爽感，还指一种情绪上的满足。如果用大量文字去铺垫、埋伏笔、编织线索，会让很大一部分读者失去继续阅读的耐心。所以，我建议少用那种论述性的表达方式，要不断加快剧情冲突，叙事节奏越简单明快越好。

本书作者：这种类型的小说还是有一些套路可循的？

我会修空调：对，不管是悬疑小说，还是灵异小说，简单来说就是先有人遇害，然后找到"凶手"的过程。两者的区别在于，前者可以用科学知识去解释，后者可以用作者编造的一套东西去解释。弄清楚这个最原始的框架之后，就可以对其进行各种各样的创新。前几年直播火爆的时候，有直播"探灵"、快递员送恶作剧快递、采用伪纪录片形式拍摄真的"闹鬼"等，这种改变是第一步，第二步是在其基础上进行尝试和创新，在恐怖世界里求生、经营养成、模拟恋爱，不要被固定的模式限制，越是鲜明的反差，越能吸引人。

本书作者：那技巧呢？网络文学作品的淘汰、更新速度非常快，在写悬疑小说之前，有没有什么技巧可循？

我会修空调：一定要多看其他类型的网络文学作品，了解当下读者群体的喜好。我分享几种写悬疑灵异剧情的技巧：第一是"细思极恐"，表面上看起来一片和睦，但是越想越瘆人；第二是剧情反转，有逻辑、使人信服的反转内容会让读者感到过瘾；第三是猝不及防，在前文安插伏笔，看似平缓的剧情到后面突然把之前的伏笔连成一片，让人猛然惊醒过来——原来凶手就和我在一个房间里。

本书作者：您有没有什么具体的例子跟大家分享？比如，您之前写过的或者是现在能够即兴创作的例子。

我会修空调：我来说说悬疑小说的气氛渲染和描写吧。悬疑诡异的气氛渲染就是一个由外向内的过程，要从外部环境到人物心理，一层层打破读者内心的安全感。

我用一个故事来举例，其中也包含了一些小技巧。大多数灵异故事都发生在废弃医院、废弃学校、凶宅之类的地方，这些地方本身就能带给人一种不安全的感觉，在故事开始前先在读者心里埋下一颗种子。比如，想要写一个凶宅，可以在主角进入之前，通过新闻来描述凶宅里曾经发生过恐怖的事情，包括邻居们怪异的目光、好心人的劝阻等，这些都是在营造第一层气氛——一种不安全感。第一层气氛铺垫好后，接下来就要交代男女主角为什么搬进凶宅，是生活所迫，还是工作需要？也可以写他们在凶宅中的日常生活，他们觉得这就是一栋很普通的房子，没有任何问题，刚开始的不安也在慢慢消散，觉得自己捡了个大便宜。以上这些内容都是为了给第二层气氛做铺垫，现在的故事越正常、越温馨，后面的反差就会越大。

等到男女主角开始放松后，怪异的事情出现了。我在这里补充一条，怪异的事情就是在人们习以为常的事情当中，突然出现了一件令人无法理解的事情。不用拘泥于血渍、丑陋的怪物之类，可以从生活中经常遇到的一些小细节入手，把正常的东西放在一种不正常的情况下，本身就是一件比较恐怖的事情。比如，女主角很爱美，是个美妆博主，也非常喜欢自拍，她的手机里保存了很多自己的照片。某一天，她突然看见一张自己睡着后的照片。照片当中的她像个睡美人，恬静美丽，她甚至

能感觉到拍摄者对她浓浓的爱意。一开始，她以为这是丈夫趁
自己睡着后偷偷拍摄的，所以不太在意。等到有一天，丈夫去
外地出差，她在半夜忽然被某种声音惊醒，于是赶紧打开了灯，
看向自己的房间。这就是第二层气氛了——要比较详细地描写
具体的环境。比如，屋子里安静得有些吓人，只能听见时钟
"嘀嗒嘀嗒"的声音。现在是凌晨两点，窗户好像没有关紧，
冷风吹动窗帘，那后面似乎站着一个人。外部环境和女主角的
内心活动结合在一起，她看着漆黑的客厅，抓紧了被子，呼吸
变得急促，心跳不受控制地开始加快。从大背景到具体环境，
再到人物因为恐惧产生的心理变化，这是第二层气氛。女主角
现在已经处于不安全的情况下了，她很慌乱，给自己依靠的人
打电话。丈夫温暖的话语从电话的另一头传出，在丈夫的安慰、
关心之下，女主角慢慢恢复平静，读者的心情也渐渐平复下来，
一切似乎都是自己吓自己。这时候，注意描写女主角的心理活
动和变化，开始为最后一层气氛做铺垫。和丈夫打过电话后，
女主角没有那么害怕了，但她还是睡不着，开始习惯性地玩手
机。当她打开相册后，忽然发现最新的照片竟然是自己熟睡的
脸。丈夫不在家，照片是谁拍的？一股寒意像小孩的手一样爬
上她的脊背，她的冷汗瞬间冒了出来。第三层气氛的重点是人，
要把女主角在那一瞬间的恐惧感描写出来。她可以肯定屋子里
现在还有另外一个人，顺着照片拍摄的角度来看，拍照的人就
趴在她的床边。女主角慢慢扭头，朝着拍摄照片的位置看去，
一张脸从床下伸出来，正在盯着她。

　　第一层气氛描写的是大环境中的不安全感，第二层气氛具
体描写房间里的异常，第三层气氛重点描写人物的心理活动。

情绪一层层递进，要找到绳子慢慢勒紧脖颈的感觉。

对灵异悬疑类网络作品而言，恐惧的营造是一种工具，是为剧情服务的，就好像欲扬先抑，恐惧感是"抑"，当这种压抑达到极限的时候，真正的主角出现并砸碎了这种气氛，这就是"扬"。当然，一本大家公认的好书，并不完全是由爽点堆砌的，它有自己的内核。

本书作者：不同于常见的"天选之子""所向无敌"类型的主角，您书中的主角往往更像一个被命运推着走的、身不由己的"小人物"，非但不能所向披靡，反而还常常被"虐"、被敌人追得"落荒而逃"。为什么会创造这样一种主角形象？

我会修空调：世界上哪有那么多天选之子，普普通通的小人物逆天改命才精彩，这样写才能让读者更有代入感，历经艰辛后获得的成功也让读者更有满足感。我写的大部分故事都是讲一个普通人在慢慢蜕变，他会经历各种各样的困难、各种各样的恐怖场景，在一次次人性的抉择当中，他坚持自己选择的道路。

书中的人物在不断成长，到了一定的程度，他会开始追求更大的满足感。比如，"为天地立心，为生民立命，为往圣继绝学，为万世开太平"的大气魄；又或者在被时代裹挟时，成为逆流而上的猛士。这种书里描绘的精神将贯穿整个故事，在支撑角色形象的同时，也会让阅读者感到振奋，获得一种精神上的舒爽。

本书作者："群像"是您作品的一大亮点，比起主角独当一面的设定，您似乎更喜欢安排角色们打"团战"，一起面对强敌、迎接挑战，无论进入哪个"副本"，主角身边都有"队友"的陪伴，甚至有读者调侃主角是"主角团"里"战力最弱的那一个"。为什么会构思这样一种设定？

我会修空调：悬疑小说里，如果主角太强大，就会导致悬疑紧张的氛围很难烘托，对剧情发展不利。对我来说，主角本身存在的意义就是像纽带一样把所有剧情串联起来。我塑造的人物是在相互救赎，我也很喜欢塑造各种各样性格的人物，让他们共同支撑起一个故事，这样会让故事显得更加丰满。

本书作者：您笔下的主角有种"广结善缘"的能力，哪怕是处在对立面的敌人，也常常会被主角的真诚和善良打动。在"升级打怪"的路上，主角的朋友越来越多，最难得的是他们和主角都建立了深厚的友谊，而不是单纯的追随服从关系。当初是怎么想到要这样写的？

我会修空调：乍一看我写的是悬疑恐怖的故事，但其内核是对美好的追求。我写一个故事不是为了告诉读者它有多吓人，而是让读者在看完后会有一瞬间觉得自己应该更加珍惜身边的美好。我创作故事的出发点就是这样，每个人都有自己的困难，主角们也不是完美的人，他们在共同成长当中，相互倾听、相互帮助、相互救赎，最终才站在了一起。我笔下的男女主角之间更多的是一种相互救赎的关系，从绝望中捧起希望，我觉得爱情或许是一种很美好的结局和答案。

本书作者：作品的表面是恐怖、悬疑、惊悚，内核却是温馨、善良、正能量。您如何平衡外在的惊悚与内在的善良之间的关系？

我会修空调：很多人对悬疑小说有误解，认为这些故事是为了猎奇和找刺激，内容故弄玄虚，充满血腥暴力元素，但其实不是这样的。悬疑小说讲述一个案件，不是为了告诉读者凶手的作案手法有多奇特、多残暴——那些只是呈现了人性扭曲的一面——而是让读者对人性的堕落产生警惕，它呈现出的是一种基于现实的复杂性，更重要的是关注导致这种恶行产生的深层次原因，让所有读者在体验剧情的同时，关注一些平时易忽略的地方。大部分犯罪行为都来自人性中阴暗的部分，悬疑小说就是通过一个个故事告诉大家，倘若那些阴暗不被束缚，将会产生十分严重的后果。

所有的恐怖惊悚都只是为了衬托人性的光辉，在一个漆黑的房间里，哪怕一束光再微弱，也会变得显眼和不凡。

本书作者：您的作品中惊悚故事、怪谈特别多，怎么会有那么多"脑洞大开"的故事？您的故事来源于哪里？您是如何积累和创作的？会写到连自己都觉得恐怖吗？

我会修空调：我作品里的故事一部分来源于民俗志怪，另一部分基于现实，原型是一些案件和新闻。我尝试用另外一种方式去解读，在书里把那些让人感到遗憾的结局弥补一下。

至于惊悚吓人，可能是因为我本人特别胆小和敏感，写到投入的时候自己也会感到害怕。平时我喜欢很安静的创作环境，喜欢一段时间内不被人打扰，全身心地构思。

三、每年都会觉得有可能上榜，因为我每年都在努力创作

本书作者：我看您"日更"好像极少超过 5000 字，这是为什么？怎么看待"日更"的数量与质量的关系？

我会修空调：的确如您所说，我的作品更新速度为每日

4000 字左右，算是比较少的了，我还是想追求质量。"日更"是必须要保持的，只有这样才能维持读者的活跃度，并且可以实时和读者交流。"日更"不好的地方在于，一旦上传作品后，就无法修改，有时候我会有更好的想法，但没办法再改动文本了。想要保持质量和速度，最好是整理一下细纲，对每天更新的故事内容有整体把握。

本书作者：您有没有遇到过"卡文"的情况？要"日更"但是"卡文"了，怎么办呢？

我会修空调："卡文"是有的。比如，对后续剧情不满意，但是又想不出更好的弥补办法的时候。为了避免这种情况出现，我会在平时多看一些书籍和电影来激发灵感，如果确实遇到了瓶颈，就出去放空一下。我比较喜欢一个人去安静的地方散步，在那种环境下，把脑海里关于剧情的死结一个个地解开。

本书作者：您认为一部优秀的网络文学作品必须具备哪些要素？

我会修空调：首先是丰满的人物形象，好的人物可以带给读者深刻的印象，一下抓住读者。其次是完整的有逻辑的故事，引人入胜、跌宕起伏的剧情，文字不能太过晦涩难懂，要注重读者的阅读感受。有些作品可以让读者回味，甚至愿意反复阅读，它的某些情节可以引发读者的共鸣，带给读者某些启发。

本书作者：IP 对网络文学作品起到了"放大器"的作用。您的作品有没有出版？有没有被改编成电影、电视剧、ACG（动画、漫画、游戏）？

我会修空调：我算是比较幸运的，所有作品都出版了，效果还不错。《超级惊悚直播》被改编成了有声书，播放量达 6

亿多；《我有一座冒险屋》被改编成了有声书和动漫等，在各大平台比较受欢迎；《我的治愈系游戏》的漫画和动漫正在改编当中，我也挺期待的。

我很关注"网络出海"，支持我们自己的文化"走出去"，让更多的人看到。其实，网络文学在国外也很受欢迎，《我有一座冒险屋》一开始就是海外读者自发翻译的，反响很好，留言非常多。我也被海外读者催更过，好的故事、震撼的剧情是不分国界的。《我有一座冒险屋》被翻译成了英文、泰文、韩文版本，俄罗斯文的版权已售出，主要还是纸质书。我比较希望自己的作品可以改编成优质网剧和动漫，在海外吸引更多的观众，带给大家一些共鸣和感动。

本书作者：您怎样评价自己的创作水平和能力？和其他作家相比，您觉得自己的创作优势有哪些？不足在哪里？将来有何规划？您下一部作品还会继续尝试惊悚类网络小说吗？

我会修空调：我比较擅长的是描述细节，渲染烘托各种气氛，把细致的感情用种种方式展现出来。我比较喜欢写短剧情和单元剧，可以精心雕琢出一个个或惊悚或反转或感人的小故事，平衡搞笑和恐惧等元素。我的短板也很明显——对长篇小说的驾驭能力比较差，就算有大纲，故事在超过 100 万字后，也会整体变得疲软。另外，我对"设定"等方面的内容做得不够好，每次动笔时都能看到自己的一些问题。我的下一部小说想把悬疑类型的作品和其他创新元素结合，尝试一下，看能不能写出新的感觉。

我还想写一部现实题材小说，是一个关于医生、患者和患者家属的故事，围绕的主题是"人、人生和生命"。想要写好这个故事，我觉得还要多去实地调研、体验，可以当志愿者，接触相关群体。现实题材小说和其他类型的作品不同，其他作品更偏重于幻想，天马行空；现实题材小说依托于现实，有文学创作的成分，但不能偏离生活，要在合理的范围内创作出触动人心的故事。我个人计划等连载的作品完结之后，抽出一段时间深入生活的角落，去好好看看。

我将来也会尝试其他题材的写作，比如科幻题材。随着年龄的增长，我思考的时间也越来越多，等积淀够了以后，就去写一些很纯粹的故事。

本书作者：您怎么看待您所从事的网络文学这个行业？目前来看，这个行业更新速度很快，"90后""Z世代"已经成为中坚力量，您能否为"00后"的刚入行的青年作者们提几条建议？

我会修空调：网络文学更贴近大众，给更多人一个创作的机会、渠道和平台，它能够让读者和作者在创作的过程中交流，随着时代的发展，肯定会被越来越多的人接受。写作是所有人都拥有的一项权利，网络则提供了一个平台，一些网络作者写了很多偏商业化的作品后，也会有进一步的思考，不断积累，尝试表述一些更深层次、更复杂的东西。

只要能上网就可以写文章，网络文学作品的创作可以说没有任何门槛，但想让自己的作品脱颖而出，那就要注意很多东西。最基本的是稳定的更新速度，每天至少坚持写4000字，这样才能慢慢积累读者。网络文学发展的速度比较快，因为竞争压力很大，需要作者尽快抛出吸引人的情节、故事。另外，要敢于创新，懂得变通，在选择网站的时候也要注意，各家网站的网络文学创作类型和风格是不同的，新作者要在写书前摸清楚网站的整体风格和读者群体，有针对性地去创作。我建议想要从事网络文学创作的新作者在有好的设定和想法时，先别急着找平台发文章，而是多看看排行榜上的小说，了解当前流行的作品风格之后，再动笔去创作。新作者有时候也会过度在意读者的评论，还会出现被读者左右的情况。我的建议是尊重读者的意见，但也要有自己的判断。最后我要说的是，大多数人从事网络文学创作都是因为热爱，在遇到困难的时候，不要丢掉自己最初的热爱，别忘记自己刚开始创作时的快乐。

本书作者： 网络文学行业现在也面临着很多外部的挑战，进入了转型升级发展的新阶段。您认为网络文学需要在哪些方面实现突破？您又会如何做？

我会修空调： 首先，文字阅读是很难被取代的，但现在确实受到了短视频、游戏等行业的很大冲击，把文字图像化、影像化对于"网文出海"也很有必要，我觉得需要和影视界联手，把更多作品进行开发改编。其次，有些读者喜欢沉浸式阅读，不希望被打扰，但增加和读者的互动也很重要，两者是不冲突的。视频网站有了弹幕，网络文学有了"章节说"，这些都是为了增强读者的参与感。最后，网络文学要有更多的精品出现，不仅仅是吸引人，更要注重一些内在的东西。作为作者，我能做的就是尽可能地尝试在同样的作品类型里走出不一样的新路，尝试在不同的作品类型中注重创新。如果有可能的话，我也希望可以参与作品的改编，把握剧情走向，深入了解 IP 的整体运作。

本书作者： 我知道，您在 2021 年 9 月参加了中国作家协会举办的"中国网络文学影响力榜"评选活动，当时是在广东深圳举办的，我也在现场。您作为"新人榜"的候选人参加角逐，最终没有进入榜单，失望吗？

我会修空调："中国网络文学影响力榜"可以推进网络文学的主流化，为读者提供优秀的网络读物，也是对网络文学的一种认可和推广，对像我这样的青年作者来说，更是一种激励。"中国网络文学影响力榜"分为"网络小说榜""IP 影响榜""海外传播榜""新人榜"，这样分榜更加细化和专业，可以让不同类型的作品和侧重点不同的作品展现在大家面前。"新人榜"的设立更是对青年作者的一种激励和肯定，也是对青年作者的重视。

能够参加"中国网络文学影响力榜（2021 年度）·新人榜"的角逐已经是对我的一种肯定，没有最终入榜，恰恰说明我还有很多不足，这没有让我失望，反而给了我更多的提醒，我在很多方面还需要不断学习。每年我都会觉得自己有可能上榜，因为我每年都在努力地创作，踏踏实实地往前走，每本书都能有一点儿进步。努力去做就好了，写作本来就是我最大的兴趣，在创作故事的时候，我会感觉很快乐，这就足够了。

我是个幸运的"悬疑小说家"。我希望能写出一部让自己真正满意的作品，也会尝试更多的作品类型。对于文学创作，我会永远保持热爱。

我希望网络文学能够发展得越来越好，被大众喜爱，涌现出更多的精品；也希望网络文学可以更加规范，让作者的权益得到保护，打击盗版，让更多的好作品被改编，成功"出海"，使作品的影响力越来越大。

努力实现网络文学产学研的结合

　　当被问起文学创作的契机，赖尔的回答显得有些尴尬，她停顿了两三秒才回复："玩游戏……算不算契机？"

　　和许多作者一样，赖尔从小喜欢阅读，中外名著、通俗小说都是她校园学习生活的最佳陪伴，但促使她开始"疯狂码字"的契机，却是出于对游戏的热爱——她喜欢打游戏，也喜欢写游戏。

　　自 2003 年开始，她在《大众软件》《电脑游戏攻略》《软件与光盘》等杂志上发表游戏评论、攻略、同人小说作品，成为数家杂志的专栏作者，见证了中国互联网的飞速发展，也见证了中国游戏产业进入"黄金时代"的过程。

　　不过，彼时被读者和粉丝们誉为"游戏高手""玩家大佬"的她，当年也不过是刚刚结束了高考、刚被"解放"的"准大学生"而已。然而现在，她已经成了三江学院网络文学院的院长。

赖尔

赖尔，本名周丽，江苏南京人。中国作家协会会员，中国作家协会第十次全国代表大会代表，中国新四军和华中抗日根据地研究会理事与特邀文学创作员，江苏省新的社会阶层人士联谊会副秘书长，三江学院网络文学院院长。代表作品有《我和爷爷是战友》《女兵安妮》《来自1942的重修生》《无声之证》《沧海行》《云千吟》等。曾获全国第十二届精神文明建设"五个一工程"贡献奖、"茅盾新人奖·网络文学奖"提名、江苏青年五四奖章、江苏省紫金山文学奖；入选江苏紫金文化优青、江苏省新兴青年群体榜样、南京市三八红旗手、中国妇女第十三次全国代表大会代表。

▲ 图 1　赖尔的作品《来自 1942 的重修生》

作家自述笔名由来

　　和许多热爱文学创作的孩子一样，我的创作从初中时代便开启了。带着"中二少女"特有的任性与幻想，我构建了一个个或侠客江湖，或绚烂的瑰丽世界。我也常常会使用身边同学的名字，再加上虚构的帅气角色，一同构建奇妙而疯狂的冒险——这些幼稚好笑的作品没有面世，只是在班级中口口相传；而就在同学们成为我的第一批忠实读者的同时，我的笔下也诞生了"赖尔"这个"粗神经"的、大大咧咧的、热心又正直的角色。

　　随着互联网在中国的普及，"赖尔"这个中性风格的名字也成为之后我混迹线上论坛的网名。顶着这个看不出年纪和性别的"马甲"，我在文学论坛里和文学爱好者们探讨对名著的阅读体会、通俗小说的套路模板；在动漫游戏论坛里和同好们"论战"游戏的多元玩法和角色们的战斗力……彼时是 2003 年，动漫游戏类的纸媒杂志正是市场宠儿，编辑老师看中了我的文章，也就自然而然地以论坛 ID "赖尔"为署名，将我的评论作品刊载在杂志上。

这些文章的刊载、稿费的入账，促使学生时代的我在创作路上越走越远，越写越"嗨"。2004 年，我完成了自己的第一部长篇言情小说，通过邮箱投稿至江苏文艺出版社。没过多久，我收到了来自编辑部的电话，电话那头是温暖而柔美的声音："周老师，我们拜读了您的小说作品，觉得很有市场潜力，打算出版。想跟您商谈一下合同的相关事宜。第一个问题：请问您是打算以真名出版，还是用笔名呢？"

其实，当年还是学生的我，在听到"周老师"三个字的时候，脑袋已经开始发蒙了。而当听到"打算出版"这个好消息时，"大脑 CPU"瞬间宕机，完全无法处理信息。我甚至想不到"请稍等，让我思考一下"这样的回答，只是下意识地觉得，必须马上做出答复，否则这个出版作品的机会就会随着电话的挂断不翼而飞。

于是，根本来不及思考的我只能随手抓了最熟悉的网络 ID 来答复编辑。却不承想，随着白纸黑字的印刷，这个没有过多寓意的"赖尔"侥幸"出道"，就这样成了我写作 20 余年的笔名。

一、"玩"是契机，"学"是转折，这是一个
既"学渣"又"学霸"的作者

和许多迷茫无措的大学新生一样，赖尔选择了不合适的专业，在本科阶段，赖尔是一个学得磕磕绊绊的"学渣"。报考大学时，缺乏信息调研的她错误地将自己所喜爱的、文科的"地理学"与工科的"地理信息系统"画上了等号，于是掉入了高等数学、线性代数、概率学、统计学、计算机图形图像学的旋涡当中……在学习中得不到成就感的她，只得将全部热情投入了文学创作。大学四年，她的成绩有惊无险地"低空掠过"，但创作成绩却节节攀升——

2004 年，她借助网络论坛，带领 30 余名网友，研发了中国第一款同人游戏《恋爱的十二宫》，取得了上亿次的点击量和千万次的下载量，引来了商业公司的收购意向，并且还没毕业就收到了彼时中国最大的游戏公司——盛大网络的录用信。

2005 年，她的长篇小说处女作《不可救药》被江苏文艺出版社出版，这给了她更大的创作动力。此后她更是开足了马力，仅仅在本科阶段，就创作并出版了 8 部长篇小说，同时在《同学》《电子与电脑》等杂志担任兼职编辑，了解并深度参与文化行业。

到了大四毕业时，出现在赖尔面前的是多种就业选择：去游戏行业？去出版行业？做全职作者？

是的，彼时的赖尔已经具备了"全职写作"的条件。来自杂志专栏、小说出版的稿费，足以让她将写作这项爱好变成一个支撑自己生活的职业。就在她举棋不定的时候，母校南京林

业大学的杨振华教授向她提出了一个新的建议："读研吧，提升学历，沉淀自己，选一个自己感兴趣的专业，再挖掘一下自己的潜力。"

在导师的感召下，赖尔决定考研，并顺利地考取了法学硕士，从此摆脱本科的"学渣"模式。学习了对的专业后，她变成了一往无前的"学霸"，各门课程都以高分与优秀通过，学得自信、写得开心。

三年的读研经历给了赖尔充足的时间，以及探讨未来发展的更多可能，也给了她更大的"野心"。她抱有"称霸全国"的梦想，于是"打一枪换一个地方"，在全国 34 个省级行政区中，有 18 个省级出版社出版过她的文学作品。不过后来，随着她的小说在日本、泰国、越南等国家出版，她便放弃了"用小说出版'打卡'中国地图"的挑战计划，继续她的另一个梦想：不断尝试并挑战新的题材。

是的，她的创作类型很繁杂，从早期青春言情的"小甜文"，到风云诡谲的武侠世界；从都市悬疑探案，到赛博朋克的科幻风，甚至是红色抗战的历史作品……在采访中，赖尔说："我不喜欢重复，我觉得挑战一种新的作品类型就像是攀登一座新的高峰。每遇到一个新的作品类型，我就需要进行一系列思考与研究，沉浸、纯粹、心无旁骛地创作。等到作品完成、网络发表、出版并获得市场认可之后，那就表示我又翻过了一座新的山头。"

"现在回想起来，那时候我的征服欲好强，好'中二'啊!"在采访中，赖尔笑着说，然后又感慨道，"我真的很感谢我的导师，如果没有读研的这段经历，我可能就很'中二'、很自以为是地写下去，不会去思考写作的意义。"

正如赖尔所说，研究生的学习经历给了她更多思考的时间，也给她的人生带来了新转折——

第一次转折，是互联网浪潮对传统出版的冲击。其实早在2005年，知名文学网站晋江文学城的编辑就给赖尔发去邀请，希望她在晋江文学城进行创作。但彼时，思维相当"中二"的赖尔认为，她能赚到足够的稿费，为什么还要免费把作品发布到网络上？于是，她干脆地拒绝了对方。

然而，"打脸时刻"很快就来了。因为网络文学的盛行，赖尔在出版社和杂志社获得的稿费明显地变少了。也正因为收入的降低，被迫慢下来的她开始重新审视自己的创作意义，也重新审视当时网络文学的火爆现象。

于是，第二次转折出现了。2008年，网络文学"清穿""秦穿"的设定十分火爆，正是对网络文学的审视和思索，加之研究生思想政治教育课程的影响，让赖尔产生了一个大胆的想法：何不迎合年轻人的喜好，写一本穿越题材的小说，在小说阅读这个有趣的过程中，激发他们的爱国情怀？

于是，国内第一本抗战题材的穿越小说——《我和爷爷是战友》诞生了。赖尔将两名高三学生一起"丢"到了1938年那个战火纷飞的年代，她以"穿越"为线索，以新四军一团的行军路线为依托，假设了新时代的学生直面抗日历史时的种种表现。小说的构思新颖奇妙，真实而生动地表现了主人公在战斗里成长，揭示了战火烛照下战士的人性美、人情美，是一部富有爱国主义、英雄主义精神的描写抗日战争的好作品。

在角色的身上，赖尔分裂出了自己的影子，富有代入感的穿越式写法，也感染了很多青年读者。小说自 2011 年出版上市后大受好评。2012 年，赖尔拿到了人生中的第一个文学奖项——全国第十二届精神文明建设"五个一工程"贡献奖，并被聘为中国新四军和华中抗日根据地研究会的特邀文学创作员。同年，《我和爷爷是战友》售出了影视版权，影视公司信誓旦旦地表示，要将这部奇特的"红穿"作品改编成银幕大电影。

"那时候，我又有点儿'飘'了。"赖尔不好意思地说，"年轻嘛，总要受点儿打击，正是这本作品的沉与浮，让我感受到了很多。"

赖尔曾在《江苏作家》杂志上发表了"创作谈"——《在时代的细沙中堆砌文字的城堡》，文中写到了这段思考：

就在我期待着同名大电影的上映，以为自己的人生再次步入高光时刻，一道"限穿令"的出现，又将我打回了原形。多年之后，项目几经坎坷，才终于得以重新启动。而这篇文章的创作经历，以及它几经浮沉的命运，也让我思考了许多。

我意识到，一个好的立意，是文章可以长久的基础。我也意识到，时运高低，人生成败，皆无法预计，唯有胜时不骄、败时不馁，保持平和的心态，创作之路才能慢慢地走下去。我更意识到，没有人可以逆时代而动，我们每一个人的命运，都是与时代紧密相连。

于是，我放下我那虚妄的骄傲，转头投入了网络文学的门下。

二、从网络文学创作到文化产业运营，她是一个实干派、分享者，也是教育者

正如在"创作谈"中写到的那样，在《我和爷爷是战友》的出版以及影视改编几经波折之后，赖尔认清了现实，开始进行网络文学的创作。

从 2013 年开始，已不再是创作新人的她，以单本网络文学连载的形式与文学网站签约，先后在新浪读书、爱奇艺文学、网易文学、起点女生网、中文在线、连尚文学、红薯网、咪咕文学发表，创作了《全息陨落》《无声之证》《404 中二宿舍》《沧海行》《云千吟》《赛博正义》等一批具有极强市场属性的作品。

赖尔以网络文学中创新型的"脑洞"要素，配以符合图书出版要求的剧情构架、叙事技巧、行文风格，渐渐走出了一条属于自己的道路。这些作品大多是在 20 万—70 万字，每个故事都有独特的立意和情节设计，得到了读者和市场的广泛好评。

2014 年，当 IP 改编的风潮来临之后，赖尔的不少作品都售出了多种文化产品的改编权，从小说到动漫，从影视剧到手机游戏，从舞台剧、音乐剧到实体主题公园，再到衍生玩具和文具的线下销售，赖尔的作品实现了"全文化产业链"的开发。

在采访中，赖尔笑着说："我是幸运的，作品被全文化产业链开发。我不仅是原著作者，也是编剧、策划，能亲眼见证自己的作品从小说文本到影视动漫，从建造图纸到建筑施工……

看着成百上千的游客们在我的主题公园中畅游，体验不同的故事场景和游乐设备，这种满足感是无与伦比的。"

2018 年，一个非常巧合的机会让赖尔走进了大学课堂。赖尔将她的创作实践经验、文化产品策划与项目运营经验分享给了高校的大学生们，向他们阐述网络文学作品如何构思、如何长期创作，又如何被改编、被转化、被海外传播，最终成为不同的文艺文化产品。

之后，她将自己的创作经验整理成书，形成了一套完整的教学体系，这本《网络文学创作实战》已由南京大学出版社在 2022 年 6 月出版。此外，她还鼓励学生们进行实际创作，给他们推荐资源，带着他们入行"入圈"。教课四年间，有 30 多个学生和各大网站签约并创作了自己的独立作品，有数名学生获得了国家级、省级的文学创作奖项。

有理论也有应用，有引导也有实践，赖尔的《创意写作》和《网络文学创作与研究》课程受到了教育部门的认可，获得了江苏省高校教师教学创新大赛一等奖、江苏省教师现代教育技术应用作品大赛一等奖、江苏省高校微课教学比赛二等奖；《创意写作》课程还被江苏省教育厅认定为"省级一流本科课程"。

谈到教学的经历，赖尔显得十分自豪，她直白地表示，"庆幸自己走过弯路"：

其实在这之前，作为一名网络作家，我曾经也失落过。我曾自我反省，自己跨界创作的方式很不利于读者和粉丝的积累，在这个"流量至上"的网络时代，这种创作方式显得有点儿不伦不类。然而，现在回头看，那些"翻山"一般的跨题材创作经历，恰恰为我的课堂教学和产业化研究带来了丰富的经验与启示。正因为我什么题材都写过，才能在教学和研究上游刃有余，无论学生想要了解什么样的创作类型，我都能分享经验。这也让我深深地体会到了那句歌词：天下没有白走的路，每一步都算数。

三、立足生活、"脑洞"大开，作家和教师的双重身份给了她更多的创作灵感

2022年12月，赖尔的新作品《来自1942的重修生》由作家出版社出版上市了。这部作品融合了赖尔"高校教师"和"网络文学作家"的双重身份，是一次全新又大胆的尝试。

在教学的过程中，赖尔与大学生们"零距离"接触和沟通，她感受到青年学生们的善良和热情，也能感受到他们的无措与迷茫。

"这群'Z世代'从小就接受网络信息，他们看得很多，想得也很多，但往往求而不得，于是在'卷'和'躺'中来来回回、'仰卧起坐'——这是他们的常态，我非常理解。"在采访中，赖尔指出，"所以，我想写一部小说，反映他们的烦恼，也想让他们得到一种思考、一种治愈。"

同样关注新时代青年，同样关注红色精神的传承，但这一次，赖尔用了与《我和爷爷是战友》截然相反的创作手法，进行了"反穿越"的创作。她让一个新四军小战士穿越到80年后的现代，让他目睹了祖国的繁荣与富强，让他和当代的青年

大学生面对面地进行对话：

> 1942 年中秋节的一场战役中，年轻的小排长周水生在与敌军的战斗中重伤落水，为了不拖累战友，他甘心赴死。与此同时，另一时空的 2022 年，曾因弟弟之死背负心理创伤的大四女生陆芸芸，又面临考研失败、毕业答辩未通过的打击，就在她想要放弃自己的人生之时，看见有人落水而选择救人——就这样，23 岁的落榜女孩救下了 17 岁的小战士，于是，小战士周水生跨越 80 年，来到了 2022 年的中国……

正如图书封面展现的那样："青春成长，旧中国小战士与新时代大学生精神对话，观点碰撞；时空穿梭，跨越 80 年的青年相互治愈，获得更为坚定的信仰。"这部新作品对赖尔而言，是一种新的写作尝试。

一方面，她作为从事文学创作的高校教师，从现实生活中捕捉创作灵感，故事聚焦当代大学校园，反映了年轻人的生存现状和精神面貌；另一方面，这也是赖尔作为知名网络文学作家努力探索"讲好中国故事"的新路径：作品将"反穿越"、主旋律、探寻红色基因等元素相结合，其中既有对生命价值与意义的追问、对和平年代国际关系的探讨，也有对精神信仰力量的探寻，是现实主义手法、革命题材、当下年轻人生活现状等的出色结合，兼具故事性、文学性和思想性。

对普通读者而言，《来自 1942 的重修生》则意味着一种"脑洞大开"的阅读体验。故事发生在当下的高校校园，针对新时代青年，特别是高校大学生。情节、风格"年轻态"，有很多年轻人真实可感的亲切内容和语言——而这样生动的展现，显然来自赖尔的教学体验。

作品通过烈士先辈穿越到当下后目睹了祖国的繁荣富强，表达了终极浪漫理想。革命先烈与当代学子的精神对话，探寻和平年代国与国的相处之道，以"为什么入党"叩问灵魂，寻找并感受红色基因的精神力量。以小视角展现互相治愈的温情，从大视角展现中华民族的伟大复兴之路。

正如赖尔总结的那样："从文本创作的作者，到版权转化的策划者、产业的运营者，再到文学创作的教育分享者，未来的我，还将不断地翻山越岭，挑战下一座高峰，带领更多的朋友和同学，一起欣赏山上的美妙风景。"